# El azul del Mediterráneo,

## un viaje ancestral

Novela

## Hemil García Linares

Editorial Raíces Latinas

El azul del Mediterráneo, un viaje ancestral
Copyright © 2019 Editorial Raíces Latinas
Copyright © 2019 Hemil García Linares
editorialraiceslatinas@gmail.com raiceslatinas@verizon.net
http://editorialraiceslatinas.blogspot.com/

ISBN: 978-0-9600795-2-0
ISBN-10: 0-9600795-2-1

Ilustración de portada: © Miranda García
Foto de contraportada: © Kathya Sifuentes Rojas

# *Agradecimientos*

**En Estados Unidos:**

A mi esposa Kathya y mi hija Miranda.

A mi amiga y mentora la poeta colombiana Eugenia Múñoz Molano, Full Professor de español de Virginia Commonwealh University por su consejo, la lectura y reseña de este libro desde su etapa como manuscrito.

A la familia y amigos por su aliento en cada proyecto que hago.

**En España:**

A mi compatriota y amiga Elga Reategui, periodista y escritora peruana radicada en Valencia, por abrirme las puertas de su segundo hogar y su solidaridad literaria.

Al escritor Juan Luis Bedins, presidente de la Asociación valenciana de escritores y críticos literarios por la invitación a hacer una lectura en Valencia.

A Alex Oviedo, escritor vasco por la amistad y ayuda con este manuscrito desde Euskadi y en Euskadi.

A mi amiga Carmen Pardo, actriz vasca y a todos en el club Los lunes lectura de Bilbao.

A Maite, Maya y Maryann del Euskal Museoa por permitirme ver archivos de Miguel de Unamuno.

A Alicia Linares y su hermosa familia.

**En Perú:**

A mis padres y hermano; y a los amigos que no claudican y que esperan mi visita.

A mi amigo José Luis Villanueva, autor de la poderosa novela corta *El fuego en la niebla*, por su crítica y consejos hacia mi novela.

### En Japón:

A mi hija Fabiola y mis nietos.

### Dedicatoria:

Este libro está dedicado a las personas que me aman y a los que me han brindado su amistad aun sin conocerme. También, a aquellos que lo harán.

# Índice

# El azul del Mediterráneo, un viaje ancestral

*Campo (Antonio Machado)*
*La tarde está muriendo*
*como un hogar humilde que se apaga.*
*Allá, sobre los montes,*
*quedan algunas brasas.*
*Y ese árbol roto en el camino blanco*
*hace llorar de lástima.*
*¡Dos ramas en el tronco herido, y una*
*hoja marchita y negra en cada rama!*
*¿Lloras?... Entre los álamos de oro,*
*lejos, la sombra del amor te aguarda.*

## Palabra interior

¿Puede la fuerza de la casualidad fluir como un río y desembocar hasta convertirse en un hermoso y templado mar azul? ¿Es la vida una casualidad o una causalidad? ¿O es acaso la consecuencia de una casualidad? ¿Por qué decidí hacer este viaje a un lugar donde nadie me conocía y pese a ello incorregiblemente creí que en Maestrazgo (España) descubriría quién soy? ¿Por qué un sudamericano que no vive más en su patria piensa que hallará quién es en la lejana y cercana Europa? Yo también estuve cuestionándome lo mismo y ensayando respuestas que despejen las sospechosas dudas que tengo sobre el origen de mi familia. No hubiera querido enterarme de ciertos detalles, lo reconozco, pero ese es el riesgo de escarbar en el pasado: descubrir farsas, traiciones y heridas que no han cerrado.

Probablemente deba intentar explicarme y decir algo más de mí. Mi nombre es Horacio Linares, escritor peruano radicado en Estados Unidos y empleado en una universidad. Soy divorciado, tengo un hijo de veinticinco años llamado Horace que vive en Boston. Apenas nos vemos una o dos veces al año en Navidad o el Día de Acción de Gracias que, como deben saber, concita más atención que la misma Navidad. Resido de manera permanente en Virginia, ciudad a la que emigré en los 90 engañándome sobre mi intención de hacer estudios literarios de autores ingleses. La verdad es que no bien tomé dos cursos, abandoné el proyecto porque carecía de la disciplina necesaria para estudiar a Shakespeare, a Dickens o al irlandés Wilde.

Luego, casi no recuerdo por qué, decidí especializarme en Literatura Hispanoamericana y Española, probablemente porque yo había estudiado esa carrera en Lima. Quizás lo hice por nostalgia, para recordar Sudamérica y olvidarla al mismo tiempo. Creo que el ser humano tiene tendencia a fijarse siempre en aquello que le sabe ajeno o lejano.

Mis estudios en Estados Unidos quedaron truncos luego de casarme. Yo me sentía feliz casado con Daniela y teniendo un trabajo modesto en una biblioteca. Hoy ya divorciado, estudio por placer o para combinar mis días de soledad con mi trabajo de bibliotecario y dictando clases esporádicas de español.

Elegí ser bibliotecario porque era un trabajo fácil: estaría rodeado de libros y escribiría una gran novela en mis ratos libres. Nada más alejado de la realidad, porque cuando lees a gigantes como Unamuno, Baroja, Kierkegaard, Sartre..., la prosa filosófica de éstos termina devorándote y te acobardas más en tus vanos intentos de escribir; y al leer a Machado, Lorca o Vallejo, aceptas que solamente los genios pueden hacer de un verso simple, una poesía trascendental que produce convulsiones de envidia. A mí, *Balada Interior* de García Lorca me conmueve, *Campo* de Machado me da un barrunto de esperanza, y *Los heraldos negros* de Vallejo me desgarran. Y así conmovido, esperanzado y desgarrado, intento vivir bien, aunque no pueda.

Nunca entendí dónde reposa la genialidad de los escritores. Yo también hubiese querido escribir, como Neruda, unas *Odas elementa-*

*les* y versar sobre la cebolla y la alcachofa. A decir verdad, compuse sonetos y versos alejandrinos descriptivos a la papa, la quinua, el nabo, y hasta a la alcachofa; sin embargo, creo que los carteles de tubérculos en los supermercados los describen mejor.

Al inicio de esta travesía por España me cuestioné si no estaba perdiendo la razón de a pocos. Cuando se tienen cabellos blancos al menos uno debiera proyectar la imagen de quien ha aprendido a vivir y creo que a veces no he sabido disfrutar de cada momento. He querido analizar racionalmente cada instante como si vivir fuera una operación matemática perfecta, exacta, aburrida.

Puede que deseen saber por qué de todos los pueblitos de España decidí venir a Cantavieja y posiblemente ya hayan intuido mis torpezas. Mi familia (como la de la mayoría de sudamericanos) tiene raíces en España y corre el rumor que tengo también sangre inca. Muchos en Perú tenemos sangre mestiza, aunque eso a algunos les acompleje y a otros ni les interese.

Los seres humanos (al menos algunos, pienso) precisamos conocer nuestro origen, aunque no sea el más decoroso. Un hijo que nunca conoció a su padre o a su madre, aun a sus setenta años o a punto de morir, en el último aliento de un telón que se cierra podría pensar mientras hace una oración a Dios: ¿Quiénes fueron mis padres? ¿Se amaron al menos mientras me procrearon? ¿Los conoceré cuando muera? Padre, madre, perdónenme por haberlos odiado. Les mentí. Los amo y extraño. Extraño todos los instantes que no vivimos juntos y las caricias que nunca nos dimos. Extraño esas palabras mudas y abortadas que nunca nacieron de nuestros labios. Extraño esos ojos que nunca vi y que, quiero pensar, se parecen a los míos. Padre, extraño sus brazos-robles. Madre, añoro sus labios-pétalos rozando mis mejillas. Extraño también sus palabras dulcemente amargas, sus errores, sus aciertos, sus injusticias, sus arrullos, sus debilidades, sus frustraciones. No hubiese querido estar hoy aquí muriéndome sin haber captado un segundo de sus vidas en mis ojos, velas débiles apagándose, mis ojos de niño travieso que fueron felices algunas veces cuando tuve un juguete nuevo regalado por un extraño. Mis ojos débiles, amorosos, rencorosos, pardos, grises, descoloridos, francos, llorosos, mis ojos y todo mi ser los aman, padres.

A duras penas recordaba la vieja tradición familiar que era casi una leyenda: que mis abuelos eran de Jaén y mi padre, Agustín Linares, nació en pueblito llamado Cantavieja alrededor de 1905, pero no bien tuvo cinco años ya había sido arrebatado de su patria y vivió en Perú, país al que el abuelo huyó, dicen, porque había renunciado a la curia. Mi madre se llamaba Genoveva Usandivaras y nació en San Jerónimo, Cusco.

Mi abuelo respondía al nombre de Emiliano Linares y mi abuela Consuelo "Chelo" Azaldegui L. Este apellido es vasco; sin embargo, del rastro genealógico de la abuela nunca supimos más. Estas historias brevísimas siempre fueron un murmullo, un rumor, un cuchicheo que nadie en mi familia trató de averiguar y que desaparecieron tras el fallecimiento del abuelo en 1965, justo cuando sacaba lustre a sus seis décadas en el conteniente americano. Nos quedamos sin saber a ciencia cierta nuestro origen.

Mi historia familiar y árbol genealógico de joven me importó un tanto, pero ya cuando bordeas los sesenta años el pasado, creo, deja de importarte. Sin embargo, hace un año cuando empecé a trabajar en mi tesis sobre Pío Baroja descubrí que el gran autor vasco escribió *La venta de Mirambel* y *La nave de los locos* justamente sobre el Maestrazgo y Teruel. Mi padre aparentemente nació allí, en Cantavieja (ubicada en la provincia de Teruel) para ser preciso. Mi padre obtuvo su partida de nacimiento en San Jerónimo. Él mismo tuvo que registrarse de adulto. En su partida decía: año aproximado de nacimiento: 23 de abril de 1905, Cantavieja, España.

Fue así como sentí curiosidad de corroborar la veracidad de lo que se ha dicho sobre mi familia y sobre todo de contrastar notas sobre Baroja. Decidí emprender este largo viaje y cruzar por vez primera el continente y no para ir a Madrid o Barcelona, sino a un pueblo alejado y suspendido maravillosamente, como bola de billar imaginaria, en al aire y la ilusión óptica del tiempo: Cantavieja.

No quiero engañar a nadie diciendo que soy un experto en la cuestión barojiana; por el contrario, lo estudio con el fin de obtener un doctorado y entenderlo a plenitud y para ello nada mejor que investigar. Antes consideré realizar una tesis sobre Unamuno, pero lo vasto y complejo de su obra me ha hecho reformular que quizás, si logro obtener el doctorado estudiando a Baroja, algún día me arme de valor para escribir un libro sobre ese titán llamado Unamuno.

Debo volver a esclarecer que estudio por mera satisfacción personal, pues no tengo mayores ambiciones académicas. A ratos intento escribir unas novelitas eróticas y de misterio que siempre terminan en el tacho de basura. Urge dilucidar que no considero a Pío Baroja un autor menor, al contrario. Hay algo que hermética e inexorablemente me propulsa hacia él y me estoy dejando llevar en este viaje onírico. Algo curioso: al autor vasco lo "descubro" de verdad cuando releía *Los detectives salvajes* y *2666*, libros escritos por el no menos onírico Roberto Bolaño.

Baroja estuvo impresionado por el pueblo de Mirambel y es justamente cuando leí eso que sentí cierta exaltación, porque recordé que mi abuelo en unas de nuestras pocas conversaciones mencionó ese lugar. Una vez le vi cortar un tronco de un solo hachazo y le dije dónde aprendiste eso, y él tarareó sonriendo como pocas veces lo vi: "En el Castillo aquel, donde Mirambel". Le pregunté curioso: "¿De verdad que hay un castillo en *Mirambel*?", pero no me contestó o si lo hizo no lo recuerdo.

A mis diez años soñaba afiebrado que un día yo conocería algún castillo y caminaría por los mismos lugares empedrados que mi abuelo y mi padre recorrieron.

Justo ahora que escribo estas líneas ahondo más en lo español y me cuestiono lo mismo que Pérez, el personaje unamuniano de la novela *Niebla: nihil cognitum quin praevolitum*. ¿Es cierto esto o es cierto lo que decían los escolásticos? *Nihil volitum quin praecognitum.* ¿Desearon mis abuelos y mi padre vivir en Perú sin haberlo deseado ni conocido? Dicen que mi abuelo vino huyendo de España. ¿Huyendo de qué o de quién?

El abuelo vivió y murió en Cusco, tierra mística, *Cusco Cusco es tu nombre sagrado*, el ombligo del mundo que alberga a la ciudadela inca Machu Picchu. Nadie en mi familia sabe por qué los abuelos emigraron desde España o si teníamos más familia en Jaén o en Cantavieja. Solamente una vez le pregunté a mi padre si tenía hermanos y me respondió de manera escueta: "Creo que tengo uno: Ignacio". Eso fue lo que dijo: ¡*Creo!*

He sido el primero de mi familia en cruzar al otro lado del charco y he sentido una melancolía que no puedo explicar, como un alma extraviada que vaga para intentar hallar dónde empezó todo. Mi familia apenas sabe que España queda en Europa. Empero, hasta hace cuatro décadas en la sala teníamos una banderita de la Madre Patria, que dicen, perteneció a mis abuelos.

A partir de aquí, recopilo mi absurda odisea.

## Lima-Madrid

He subido al avión con poco equipaje. Creo en eso que decía Antoine de Saint-Exupéry: «Aquel que quiera viajar feliz, debe viajar ligero». Uno se aferra tanto a la vida como si la tuviésemos comprada y en segundos la infiel nos abandona. A veces somos seres de ficción y que nuestra vida, es decir, la vida que creemos tener asegurada, es un sueño tan sólido e irreal como los *sólidos* castillos de arena que los niños construyen frente al mar. Nuestra realidad no es tal. Hoy estamos vivos y mañana morimos. Hoy somos reales y mañana ya no. Hoy tenemos un trabajo y mañana nos despiden. Hoy tenemos una compañera y mañana nos deja o la dejamos y en días posteriores y nuevos; ese sujeto que nos dejó ya no es real (al menos para nosotros) y formará parte de la realidad de otro hombre o mujer; ese hombre o mujer que ayer tenía un amor platónico o de ficción, hoy ha conocido a una persona. Su ficción se ha vuelto realidad. El amor como la vida está sujetos a la temporalidad. Ateos, cristianos, musulmanes, agnósticos, creedores de la reencarnación siempre estaremos sometidos al ayer y al hoy que será, aunque no lo aceptemos, diferente al mañana.

Quiero viajar feliz, *ergo* llevo poco equipaje. Tengo conmigo, sí, mi *laptop* y un transformador de corriente para Europa, pues en Estados Unidos usamos corriente eléctrica de 110 voltios.

Tengo un mapa impreso para llegar al Maestrazgo. Averigüé que desde Madrid puedo alquilar un coche o tomar un bus. Todo lo que llevo conmigo son algunas ropas y la cajita dorada que me obsequió Horace, la cual no debía abrir si no en un día de mucha alegría. Por eso no la he abierto. También tengo conmigo algunos datos del Maestrazgo: tiene monumentos góticos aragoneses, allí se libraron las Guerras Carlistas y dicen que se respira una atmósfera medieval en Cantavieja y en todo el Maestrazgo. Existió en esa zona una Orden del Temple. Soy aficionado a las historias sobre templarios y las guerras medievales por lo que me fascinó la idea de ver esos rastros históricos.

Me encantaría tener más datos sobre mi familia e indagar en el lugar correcto. Los datos sobre nuestro árbol genealógico son apenas ramas ralas y enclenques. Mi hermana sufre de amnesia y la última vez que le pregunté sobre los abuelos y nuestro padre, me dijo que eran de Chipre. Mi hermano decía que papá era catalán. Después se corregía aclarando que era navarro o posiblemente vasco.

No sé cuándo nacieron mis abuelos. Sí, mi viaje era una suma de terquedad e ingenuidad, operaciones matemáticas elevadas al más alto exponente. Los números a mí me confunden tanto y lo único claro que tengo de Aristóteles es *El arte poética*, aunque también corre la posibilidad que en mi necedad lo haya leído mal.

Siempre he tenido terror de subirme a un avión. A veces tengo pesadillas en las cuales he bebido de más y estoy en avión que cae al mar. Quizás he visto muchas películas americanas como *La Bamba*, ese filme meloso y antiguo sobre la vida del cantante de rock, Ritchie Valens. Así debería ser la vida: divertida, simple, corta, aunque uno después muera.

Quizás mis sueños de aviones crujiendo sean un presagio porque en mis pesadillas el avión se estrella, pero gracias a una obra prodigiosa del piloto, el avión no se ha pulverizado en el agua. He escuchado en algún lugar o leído en algún libro de ciencia ficción que, cuando el choque es casi frontal y el piloto no ejecuta una diagonal imaginaria, el mar es tan duro como el concreto.

El piloto de mis pesadillas ha hecho una diagonal introduciendo el avión al mar, casi como un hábil clavadista tirándose desde los altos peñascos de una playa paradisiaca. El avión no ha explotado. Por culpa de la maldita pericia del piloto, no me he carbonizado, pero estoy en el medio de un océano negro e insondable; un cielo más negro aún y pequeñas llamaradas de fuego iluminan la noche. Estoy solo en el mar entre asientos flotantes, cuerpos muertos, y alguien me grita: *help, help I am drowning*. Estoy ahogándome también pues al abrir la boca trago ingentes cantidades de agua que un viento siberiano y huracanado empuja. Me digo entre lágrimas de cerveza, maldiciéndome, que mejor hubiera sido morirme al instante. No hay nada más miserable que estar solo en el mundo sabiendo que los demás están muertos, que no debí beber solamente una cerveza antes de subir al avión, sino mil y así ahogarme en un mar de cebada.

Una turbulencia de pronto me despierta y compruebo que estoy vivo y recostado en el asiento del avión. Una aeromoza rubia ensaya una mirada de comercial de TV, me alcanza una manta y me pregunta si necesito algo más y le respondo de inmediato: sí, una cerveza por favor.

## Terminar la secundaria

Tenía dieciséis años y acababa de terminar la educación secundaria. Me sentía feliz porque iba a disfrutar las vacaciones: jugar al fútbol con los amigos, nadar en el río Huacotomayo, irnos a cazar pájaros, enamorar a Micaela, la chica más bella del pueblo. Pero mis padres tenían otros planes para mí.

A mis dieciséis yo era un muchacho feliz en Cusco. San Jerónimo era un pueblo tranquilo donde prácticamente no existía la delincuencia. Se daban casos aislados de robo de ganado por parte de abigeos que venían de otros pueblos y que arriesgaban sus vidas, porque en la sierra no siempre se espera a que llegue la policía para hacer justicia. Los apaleamientos, azotamientos, linchamientos y todo los *ientos* imaginables pueden gestarse y estallar en cualquier momento y, ora como la ráfaga de una ametralladora, ora como un nubarrón negro que arroja un chubasco de agua con furia y sin avisar. La gente de la sierra no se arredra así nomás y cuando se enfurece es un vendaval imparable.

Al terminar la escuela en diciembre con notas sobresalientes, imaginé que estudiaría en la universidad San Antonio de Abad. No estaba seguro de la carrera que elegiría, pero para ello tendría tiempo pues no había prisa por el futuro.

El mes de diciembre, mi padre me dijo que aprovechara todo enero porque en febrero empezaría a estudiar clases particulares con el profesor Eulogio Inclán quien enseñaba en el colegio Cienciano. El profesor Inclán era muy respetado en el pueblo y uno de los hombres más cultos del Cusco. Por un buen tiempo trabajó en la escuela del pueblo, pero al parecer sus vastos conocimientos superaban a las escuelitas fiscales y llegó al colegio Cienciano que era, según decía la intelectualidad local, una de las mejores escuelas del Cusco, del Perú y quizás hasta de Bolivia.

El profesor Inclán era muy serio, pero amable. Muy pocas veces sonreía. Se decía que era una persona con coeficiente muy alto y que su madre —una joven viuda— no quiso enviarlo a estudiar a Suiza pese a que había obtenido una beca otorgada por unas monjas de ese país. Aunque igual estudió educación en Cusco, su destino fue ser un gran profesor de provincia cuando bien pudo haber sido un preceptor en algún colegio de Francia o en la blanca Suiza. Hablaba inglés y latín (decían que también ruso); ¡hablaba inglés en los 50!, cuando aún en Lima, la capital, se podía contar con los dedos de las manos a los angloparlantes.

Se comprobó a ciencia cierta que el profesor Inclán hablaba inglés, pues se le vio algunas veces hablando muy ameno con unas monjitas canadienses que visitaban el colegio Fe y Alegría que quedaba en mi pueblo. Asimismo, se corroboró que hablaba latín pues también conversó en el idioma de Horacio y Ovidio con una de las monjitas y en la misa contestaba en latín cuando el sacerdote se dirigía a los feligreses que respondían latinajos de paporreta sin saber ni lo que decían. Lo que no pudo comprobarse es si hablaba ruso. Una vez Luis Olarte, un abogado local (y dicho sea de paso el único abogado del pueblo) y apasionado de la literatura quiso comprobar si Inclán dominaba la lengua de Tolstoi. Olarte vio a Inclán en una picantería (restaurante) y le preguntó de manera socarrona si había leído a Tolstoi y a Chejov. Dicen que el profesor hizo un ademán afirmativo y a su vez repreguntó si el abogado conocía a Bulgakov y gesticuló unas palabras aparentemente en ruso. Entonces los parroquianos miraron al doctor Olarte para que desmienta o verifique: "¿Habla o no habla ruso?". El abogado tuvo que meterse la lengua al culo: "No puedo emitir un dictamen de afirmación o negación porque yo mismo no hablo ruso".

Algunas señoras maledicentes decían que Inclán estaba loco y que en 1955 cuando murió Einstein (18 de abril en el hospital de Princeton, New Jersey) fue a clases muy abatido y vestido de luto. Sus colegas quisieron darle el pésame preguntando quién había muerto porque Inclán vivía solo. Dicen que el profesor respondió: "En el mundo había diez genios. Ahora solo quedamos nueve. Ha muerto don Albert Einstein".

Esta historia me la contó mi padre quien decía que no había en Cusco hombre más culto que Eulogio Inclán.

Según mi padre en abril yo iría a Lima a dar un examen para estudiar enfermería o farmacia en la escuela de la policía. Era apenas un examen. Yo le pregunté si podría estudiar la carrera en Cusco y me dijo que postule sin preocuparme; con un título podía trabajar en el lugar que yo quisiese.

Animado por ir Lima estudié de enero a marzo con mucho ahínco. Repasábamos Matemáticas, Álgebra, Literatura e Historia del Perú y Universal. A mí me gustaba cuando el profesor Inclán hablaba de Calderón de la Barca y me hacía recitar, a manera de descanso *La vida es sueño*. Me decía que, aunque la literatura era la más sublime de las artes y las profesiones, era la peor pagada. "Debes optar por llegar alto, quizá a ser doctor o ingeniero". "¿Doctor yo?". "Sí, tú. Pequeño borrico".

Hablaba del trasplante de corazón hecho en 1967 por Christian Barnard. "¿Quién lo hubiese creído posible antes? ¿Quién?". Inclán decía que un día se encontrarían curas para el cáncer, la leucemia, que un día el hombre viajaría continuamente a la Luna y se podría viajar de Lima a New York o Chicago en menos de diez horas. Yo lo escuchaba embobado, imaginando que quizás nunca vería ninguno de esos cambios ni esas ciudades que mencionaba.

Los meses pasaron veloces y en marzo ya había aprendido mucho más que en toda la secundaria junta. Qué ignorante era yo, qué ignorantes éramos en el pueblo en no valorar al profesor Inclán. Qué bien le hubiese hecho a San Jerónimo, al Cusco, al país, tener diez personas como Inclán enseñando.

En la última semana de marzo descansé y el 23 de marzo de 1968 cumplí diecisiete años. Aquella vez no se celebraba con tortas ni velitas. Solo un lonche: café, queso y chuta (pan serrano de forma circular y del tamaño de un plato). Esa tarde mi padre me regaló el primer diccionario de mi vida. Diccionario que hasta hoy conservo. Tiene tapas verdes y las páginas están amarillentas pero legibles gracias a un excelente trabajo de imprenta, no como los libros de hoy, cuyas hojas de papel higiénico se desprenden y deshacen con facilidad.

Mamá me abrazó como pocas veces lo había hecho. En mi época, los padres no solían ser muy afectivos. Mi padre me dijo que el primero de abril viajaría a Lima y que el día cinco tomaría mi examen en la escuela de la policía en la avenida Brasil, que describió como una pista larguísima que juntaba el centro de Lima con otros distritos y que desembocaba en un acantilado desde donde se veía el mar. Ese distrito, descubrí después, era Magdalena.

Yo andaba muy emocionado porque pensé que con mis padres podríamos conocer la ciudad. Tomarnos fotos en la Plaza San Martín como hacían los afortunados en conocer Lima. La noticia que me dio mi padre me dejó helado: Yo iba a viajar solo y por avión. Mi padre había rentado una habitación para mí por dos meses.

—Padre, ¿por qué por dos meses?

—Si ingresas, vas a estudiar allá todo un año.

—¿Con quién voy a vivir? ¡Padre! ¡Usted me dijo que yo podría trabajar donde quisiese! —protesté.

—¡Cuando termines de estudiar decidirás, hijo!

Miré aterrado a mi madre, las lágrimas inundaron mis ojos y traté de estar sereno, pero creo que hasta la lengua me temblaba.

—¡Madre! ¿No iré solo verdad? ¿Verdad que usted me va a acompañar? —dije suplicante.

—Irás solo. Es por tu bien. Es para un mejor mañana. Pórtate como lo que eres. Un hombrecito —dijo mi madre y vi algo en su garganta, no sé qué, algo que no salía y que se quebraba a medio camino como un vaso de vidrio que cae lentamente al piso.

Empecé a llorar y mi padre le clavó una mirada a mi madre y ella salió del cuarto. Entonces mi padre habló de tierras secas donde no crecerían plantas, de pueblos que serían arrasados por empresas extranjeras y que todos los que no tenían educación serían abusados por los instruidos. "Mira a tu hermano como en apenas cinco años ha terminado su carrera y trabaja en Cusco. Tu hermana, como es mujercita, se casará con un hombre culto y de bien, que la va a mantener".

—Dígame la verdad, padre. Dígame la verdad. ¿Me voy a quedar solo todo un año?

—Sí, hijo mío. Usted es un hombre hecho y derecho. Debe dejar de llorar. Esa soledad que usted va a experimentar le hará más fuerte. Séquese las lágrimas y dele la mano a su padre. Nunca olvides que su madre y yo queremos sólo protegerte de los tiempos malos que seguramente han de venir.

Esa última noche en Cusco me fui a despedir de mis amigos Enrique Segovia, Hilario Quispe y Víctor Mayta con quienes había pasado mi infancia y los más hermosos años de mi corta vida en San Jerónimo.

Mis amigos me dijeron que tuviese cuidado de la viuda negra, el alma de una mujer vestida de negro que buscaba hombres solitarios e ingenuos para robarles el alma. Me advirtieron de los rateros de Lima, de los explotadores que —dicen— hacían trabajar a los provincianos sin pagarles, apenas los mantenían vivos con agua y pan hasta que se volvían tuberculosos. Que si alguien me quería vender la Plaza de Armas, que aquella no estaba en venta y que era una estafa; me dijeron también que en un barrio llamado Callao había mujeres francesas e italianas; mujeres de la vida, florcitas de la calle con quienes yo podría hacerme hombre, tomarme una cerveza y bailar un tango arrabalero del gran Carlitos Gardel: *Mano a mano* o *Sus ojos se cerraron.*

Aquella noche, la última noche en mi *Cusco, Cusco es tu nombre sagrado,* apenas pude pegar las pestañas por unas horas. Afuera escuchaba al viento ulular y un aguacero triste caía en medio de una noche abandonada por las estrellas. Me parecía escuchar pasos, como si mis amigos, mi madre o alguien estuviesen viniendo a decirme que ya no viajaría, pero eso solo apenas era una ilusión en mi mente joven y febril. Caí dormido a las dos o tres, pero ya a las cinco de la mañana mi padre me había despertado.

Solo mi padre y yo iríamos al aeropuerto en taxi, un lujo que pocas veces nos dimos. Mi madre tenía los ojos desorbitados, perdidos en medio del alba de ese día imborrable. Me dio un termo con café, una *chuta* (pan serrano) y quesos envueltos en una tela blanca. Me abrazó y me rogó que me encomendase a la Virgen del Carmen y me dio un crucifijo. Esta vez no lloré, no porque no quisiera, sino porque intentaba portarme como un hombre y no quería avergonzar a mi padre delante del taxista y porque nada cambiaría mi destino.

La noche anterior había soñado que tenía ya treinta años y vivía en Lima y no había vuelto nunca más a mi tierra. Sentí pánico al despertarme, pero después reparé que era sólo un sueño, eso nunca pasaría. Yo volvería a Cusco, allí tendría hijos con Micaela (mi primer amor), allí moriría y me enterraría junto a mis padres. El mundo nunca cambiaría como profetizaba de manera schopenhaueriana el profesor Inclán, nadie se adueñaría de la tierra de los campesinos como decía mi padre, ni se aprovecharía de los iletrados; el mundo era bueno.

Cuando subimos al taxi, el conductor nos saludó y mientras yo sorbía mi café dijo que la guerra de Estados Unidos contra Vietnam no tenía cuándo acabar y yo cerré mis ojos y no sé porque me parecía ver niños y ancianos que poseídos por el pavor corrían desnudos escapando de la muerte que casi les cogía de los cabellos.

# En el aire-Aeropuerto de Barajas

Seguro que a este lado del conteniente pensarán que en Estados Unidos se sabe mucho de España; pues lamento decirles que no es cierto. Tengo cierto apego por lo español (sobre todo amor por los libros) y por ello veo algo de TV española en el cable porque en el canal americano abundan aburridos Talk Shows y programas del FBI sobre asesinos en serie, pero existen pocos culturales y, por lo general, todos versan sobre Norteamérica y en raras ocasiones sobre Inglaterra. En Estados Unidos, se sabe que el resto del mundo existe, pero apenas concita la atención de los noticieros. La crisis europea o el Barcelona-Real Madrid, que despiertan atención mundial, aquí reciben apenas veinte segundos en un noticiero.

Debo ser honesto: no me siento español ni americano y, a veces, ni peruano. Soy peruano (quizás por accidente porque mi familia pudo nacer en Argentina, Ecuador o Bolivia), soy una mezcla de razas. Nieto de españoles y de incas, mestizo, hijo de la confusión, de las lágrimas de la conquista.

Hoy me encuentro extraviado en Virginia donde formé familia pensando que la tendría conmigo para siempre. Daniela, mi exesposa, se volvió a casar hace diez años y tuvo no uno, sino dos hijos (gemelos). Es curiosa la vida. Nosotros sufrimos para embarazarnos y ella apenas se volvió a casar salió embarazada y le cayeron dos hijos de golpe.

No le guardo rencor pese a que fue ella la que se divorció de mí, porque sé que soy culpable de muchísimos de nuestros problemas y posiblemente de todos ellos. Entre escribir textos para la universidad, trabajar en la universidad y pretender ser escritor, creo que terminé por ignorarla o en todo caso no darle el tiempo que merecía, que nos merecíamos. Al final, no hice ni una cosa ni otra bien. Pues salvo una novelita sin mucho éxito que publiqué, no he tenido repercusión como autor y recién he retomado los estudios literarios por satisfacción personal y así morirme con un doctorado bajo la manga.

Daniela y yo éramos diferentes, pero nunca quisimos aceptarlo y ceder. Ella es uruguaya y aunque es una mujer culta no tenía interés en la literatura y poco le importaba la obra de Benedetti. A ella le gustaba leer de economía y de política. Ahora recuerdo todo como una broma, pero no lo fue. Nosotros llegamos a detestar nuestras ocupaciones. Ella trabajaba para el gobierno y tenía un *Security Clearance*, que es una licencia otorgada a trabajadores del gobierno para manejar información clasificada. Los del FBI, la CIA, la DEA y muchos otros empleados del gobierno precisan tener un *Clearance*; incluso un bróker de una compañía de seguros estatal o los encargados de limpieza de un edificio federal pues el temor a los ataques terroristas es inmenso; el *Clearance* obtenido les prohíbe hablar de temas laborales con nadie, ni siquiera en la intimidad del hogar. Tienen que tener en teoría una conducta intachable y estar alejados de todo aquello que puede amenazar ese *Clearance* que determina ascensos y promociones en sus carreras. Muchas veces cuando uno habla con algún amigo y en son de broma le pregunta en qué consiste su trabajo en el gobierno, el/la muy gracioso/a con sorna dirá: si te digo lo que hago, tendría que matarte.

En nuestra última gran discusión realmente cometí un exceso por no decir una brutalidad. Una noche en la que Daniela no quería hacer el amor, me dijo que tenía mucho trabajo toda la semana. Ella quería ascender laboralmente y para ello requería un *Clearance* superior. Llegué a decirle que su *Clearance* parecía ser su *dildo*. El detonador fue cuando me dijo: "No podemos invitar a los Gil a la casa. Son buenas personas, pero tú y yo sabemos que están de ilegales en el país y eso podría afectar mi *Clearance*".

Habíamos conocido a los Gil, gente encantadora, en la iglesia local a la que yo había ido para satisfacer a Daniela. Entonces surgió la bestia en mí y la tildé de frígida, de egoísta, de imbécil. Me reía casi hasta el punto de sentir lágrimas en los ojos y quizás hasta la miré con una furia de fuego que hubiera derretido el iceberg más macizo. Hubo un silencio, apenas dos o tres segundos eternos. Por sus mejillas caían lágrimas amargas como las gotas de sangre de un animal herido mortalmente. Entonces ella soltó una sola ráfaga, certera y mortal: "¿Sabes?, me tenés podrida con el puto Quijote o Quijada, Baroja o Baraja, y Unamuno o Unomenos. Estoy harta. Todo lo que para vos es prioridad debe ser prioridad para todos. *Hello*, yo también existo. Esto no puede seguir así. No puede seguir así y tiene que acabar. Métete tus complejos intelectuales y todos sus libros por el culo".

Ante este imposible metafísico sobre dónde guardar mis libros (tengo una colección muy extensa) y también de resolver nuestras discrepancias, a los pocos meses nos separamos y Daniela quedó en custodia de nuestro único hijo, Horace. Acordamos que él viviría con su madre y yo lo tendría los fines de semana. Entendí, no sé cómo, que Horace estaría mejor con su madre que conmigo.

Me queda el consuelo de saber que a mi hijo Horace (Horacio) le va bien en Boston, donde se graduó como administrador y tiene un buen trabajo. Renta su propio departamento con una novia, que es aeromoza. La primera vez que la conocí (por querer caerme bien) me dijo que podía conseguirme precios especiales en vuelos a sitios paradisiacos. Ella desconocía que padezco una suerte de aerofobia y que estar en un café me resultaba quizás más atractivo porque podría ver al menos gente conversando. En una isla paradisiaca me sentiría más solo que Crusoe cuando su amigo Viernes se iba de paseo el domingo.

No bien bajé del avión y luego de los controles de aduana, esperé a que la agencia de viajes alzara un cartelito que decía «Mr. Linares», y me llevasen al modesto hotel donde me hospedaría. De camino al hotel de hecho me quedé maravillado con el paisaje y la estructura de los edificios con una arquitectura algo parecida a la de Lima. Pasamos por el monumento a Neptuno, el Museo del Prado y el Parque del Retiro. Me llamó la atención ver coches muy pequeños, por no decir microscópicos.

De seguro de este lado del charco también ignoran muchas de nuestras costumbres "americanas". En Estados Unidos se veneran los autos grandes y con pinta de tanques como los Hummers que parecen

Panzers. Todo en la tierra del Uncle Sam está basado en el confort, el espacio y la cultura de comprar lo más grande y lo más costoso. Así, tu casa estará inundada de aparatos de gimnasio, una camioneta cuatro por cuatro, una nevera en la que entra un toro, un equipo de sonido con parlantes gigantescos, que nunca se oirán en su máxima expresión porque al mínimo ruido tu vecino llamará a la policía para quejarse de ti.

Apenas llegué al hotel en el barrio de Legazpi tomé una ducha y pedí algo para comer, aunque cambié de parecer pues realmente no tenía apetito. Las comidas de hoteles siempre me saben a un plato que se prepara a prisa y con esmero, pero sin el calor de una mano que quiera bien a quien lo coma. Me puse ropa deportiva y pensé en salir a caminar por Madrid, pero ya americanizado como estoy (el americano tiene miedo de que lo secuestren, le pongan una bomba, está convencido que ningún lugar es más seguro que su país, que se intoxicará si come carne que no ha sido "certificada" en su país). Luego de ver un programa sobre literatura, caí dormido a eso de las once de la noche.

# Madrid

Hoy fui al Museo del Prado. Intenté tomar el metro desde la Estación Legazpi, pero desistí porque soy igual de lerdo al tomar el metro en Washington DC. Preferí tomar un taxi.

Una vez en el museo, *Las tres Gracias* de Rubens me dejaron huellas imborrables y evoqué el tiempo en que la hermosura no se medía por una silueta de anorexia sino por la naturalidad de un cuerpo generoso en carnes. Pensé en la deliciosa Naná y cómo en los 80 (y en décadas anteriores) la estética era otra: una mujer con vientre y robusta nos resultaba atractiva. La mujer era un cúmulo de belleza, no un monumento labrado en gimnasio con "un six pack" afilado que parece que puede cortarte si te acercas.

Luego vi *La Artemisa,* de Rembrandt, y las obras de El Greco, entre ellas *La Trinidad* y *El Caballero de la mano en el pecho*. Las obras maestras de Velázquez y de Goya que vi fueron *La familia de Carlos IV* y las *Majas*. También pude identificar *El jardín de las delicias*, de El Bosco, y *Autorretrato*, de Durero.

Pese a mi emoción, debido al cansancio y mi desorientación en el museo no pude ver sino algunas de las obras de Rafael y apenas dos o tres de Fra Angélico.

Por la tarde regresé al hotel y de noche tomé un tour de tapas y vi Madrid de noche, la ciudad que nunca duerme. A New York le llaman igual, pero hay una diferencia; mientras en Madrid puedes cenar, hacer actividades culturales y ver espectáculos de flamenco o caminar por la Gran Vía viendo la arquitectura, en New York sobre todo en Downtown, salvo los rascacielos o Broadway lo que ves son miles de taxis y gente caminando a mil como desquiciada, mientras el olor a pizza y hot dog invade tus narices. La gente en New York es más agresiva cuando camina. En España, la gente sonríe más. New York tiene cierto encanto y museos interesantes, pero lo que he visto Madrid tiene más color.

A la mañana siguiente, desayuné un café con leche y un churro y me fui directo al Museo Reina Sofía para ver la obra de Salvador Dalí, magnífica de verdad, pero el Surrealismo no es lo mío o quizás tenga animadversión a soñar y al inconsciente porque, como todo sabemos, estas son sus bases. Quizás en el fondo sea porque yo ya no tengo sueños. Mi cerebro es una máquina con piezas averiadas que me impiden imaginar que más allá o apenas mañana puedo encontrar algo nuevo.

Me impresionó la exposición sobre *Guernica* de Picasso por lo que representa. Qué hijo de puta Hitler para bombardear un pueblo teniendo como cómplice al cobarde de Franco. Más hijo de puta el oficial nazi que le preguntó a Picasso cuando allanaron su casa en París: "¿Fue usted quien hizo esto?" (se refería a las pinturas sobre Guernica) y Picasso le escupió la verdad en la cara: "El *Guernica* no lo hice yo, lo hicieron ustedes".

Hubiera querido ir al museo Thyssen-Bornemisza, pero ya las piernas no me daban. Así que tomé un taxi hacia el Museo del Prado y desde allí tomé un tour que me llevó por todo Madrid. Me fascinó la Gran Vía y bajé allí a comprar unos libros en una inmensa librería de Espasa-Calpe. También compré una camiseta del Atlético de Madrid, porque a mí nunca me han gustado esos clubes que acaparan todo como el Madrid y el Barça o Boca y River en Argentina.

El bus me dejó en El Prado y tomé un taxi de regreso a Legazpi y antes de entrar el hotel paré en una taberna para tomar una cerveza, unos bocadillos de jamón serrano y una ensalada alioli.

Sé que me falta mucho por ver: el barrio de las letras, la casa de Miguel de Cervantes Saavedra, los monumentos a Calderón de la Barca, Federico García Lorca, la Plaza Mayor. A mi regreso a Madrid me tomaré un par de días para recorrer la ciudad. Me encantaría quedarme en Madrid y sentarme en el parque del Retiro por las mañanas, pero tengo una agenda que cumplir y necesito respuestas.

# Micaela

Micaela era una mujercita bella e imagino que lo sigue siendo. Teníamos doce años cuando empezamos a ser amigos en la escuela fiscal Fe y Alegría de San Jerónimo. Nunca vi mujer alguna con el cabello tan brillante y oscuro. Ninguna noche sin estrellas y luna se podían comparar con sus cabellos. Yo siempre la miraba embobado y ella me miraba a mí.

Cuando tenía quince años una vez le escribí un poema; sin embargo, nunca se lo entregué. Una noche me quedé dormido mientras escribía en un cuaderno que escondía bajo el colchón y mi madre encontró el poema.

Por la mañana siguiente me resondró y esa misma tarde fue a hablar con el padre de Micaela, el señor Benito Huamán, un hombre de pocas palabras y dueño de dos camiones, lo cual lo convertía, digamos, en un hombre adinerado considerando las dimensiones microscópicas de nuestro pueblo y su economía paupérrima.

Mi padre intentó salvarme aduciendo que eran cosas normales de gente joven y que no debían tomarse con tanta severidad. Quizás ese fue uno de los pocos gestos tiernos de mi padre. Cuando mi madre se fue enfurecida a su habitación, mi padre me guiñó un ojo y sonrió.

Al día siguiente, mi madre fue con mi hermano mayor (mi hermano no tenía más remedio que acompañar a mi madre) a encarar al señor Huamán. Mi hermano por la noche me lo contó todo. Mi madre le dijo al señor Huamán que estaba preocupada porque Micaela y yo hablábamos. El señor Huamán digo que su hija era una chica tranquila y de familia decente. Que él había notado que Micaela y yo éramos muy amigos y que se quede tranquila que él no toleraría faltas de respeto en su hogar. El señor Huamán era amable y hablaba un español entrecortado pues era quechuahablante.

El señor Huamán dijo que era normal que un hombre y una mujer fueran amigos siempre con respeto y decencia. Entonces mi madre dijo que cómo era posible que su hija, sin mayoría de edad y sin haber terminado sus estudios, pensara en coquetear conmigo. Y que además su hija y yo éramos de diferentes clases sociales, que nosotros veníamos de España y no sé qué otras sandeces (mi madre era peruana, yo también).

Al señor Huamán se le salió toda la raza indómita y retrucó que ellos descendían de los incas, mencionó a Huayna Capac y Huamán Poma de Ayala y que ningún muerto de hambre y menos españolitos de quinta categoría iban a menospreciar a su hija.

Mi madre se fue ofendida tildando al señor Huamán de indio para arriba e indio para abajo. Luego mi padre intentó disculparse con el señor Huamán aduciendo que él también había dicho cosas sobre nosotros. El padre de Micaela aceptó las disculpas a medias y retiró lo dicho (muertos de hambre) aunque reiteró que él no empezó las ofensas. Aclaró que quizás era mejor que nosotros (Mica y yo) no fuéramos amigos y que la mandaría a Arequipa a seguir sus estudios. "Mejor, así" fue lo último que le escuché a decir a mi madre esa noche que estuve espiando detrás de la puerta una conversación que mis padres tenían. Desde ese día los Linares y los Huamán nunca se volvieron a hablar.

Esa noche no pude dormir y aún hoy tantas décadas después en algunas noches estrelladas cuando no logro conciliar el sueño pienso en Mica e imagino que es feliz al lado de Víctor Mayta, uno de mis mejores amigos de la infancia.

# Consuelo

De mi abuela Consuelo "Chelo" Azaldegui L. sé apenas que era muy estricta. Que una vez castigó a mi hermano porque le dio un besó a una prima nuestra. Mi hermano tendría once o doce años y había estado jugando al papá y la mamá con otros primos y primas. Una de ellas, molesta porque no había sido elegida la mamá (la que recibía el beso) fue con el chisme a la abuela.

La abuela estaba a cargo de los nietos mientras que nuestros padres y tíos estaban trabajando en el monte porque hasta las mujeres iban a ayudar ya sea en las labores de juntar la leña o ya llevando la comida.

La abuela "Chelo" dio un escarmiento ejemplar a mi hermano. Diez azotes con el "chicote" (un pequeño látigo de cuero con tres puntas formadas por nudos). Cinco Padres Nuestros y tres Aves Marías. Ni el cura de la iglesia de San Jerónimo hubiera dispensado el pecado como mi abuela, al menos ella pensaba eso. Con el pasar de los años me pregunté cómo había decidido que debían ser diez azotes y no cinco, o cinco Padres Nuestros y no seis. Me preguntaba si sus cálculos podían fallar y así sus nietos podrían no obtener el perdón y por tanto quedarse a medio camino del cielo.

La abuela fue contundente con su castigo. Darle un beso a un primo o tener ese tipo de afectos y juegos del diablo era algo que Dios aborrecía. Dios no perdona ese pecado que se llama incesto, decía la abuela. Esa fue la primera vez que escuché esa palabra. Lo dijo con una furia que desde ese día aprendimos que eso de gustarse entre primos era una aberración. Y los que cometían aberraciones se irían al infierno.

Recuerdo que cuando tenía diez años me gustaba mucho la prima Raquel y yo sé que le gustaba a ella. En los juegos entre primos, los demás siempre nos molestaban. Ella siempre era tierna conmigo y yo con ella, pero de una manera pura, propia de un niño de diez años del siglo pasado cuando todavía se creía en hadas y duendes.

Tanto temor nos inspiraba la abuela "Chelo" que mi prima y yo nunca intentamos jugar al papá y la mamá, que en mi época era como los chicos y las chicas disfrazaban la vergüenza de acercarse unos a otros. Era más fácil hacerlo mediante un juego: el papá y la mamá se casan, tienen un hijo y se dan un beso. El papá y la mamá se van detrás de árbol para que nadie los vea. Ese es el mundo algo inocente y reprimido en el que yo crecí.

Mi prima Raquel y yo tuvimos un pacto secreto de cariño y atenciones (nunca nos besamos ni escribimos cartitas porque creímos realmente que nos iríamos al infierno) que duró por un tiempo hasta que ella se enamoró de un estudiante del colegio salesiano y luego yo me enamoré de Micaela.

Aun ya de jóvenes e incluso de adultos siempre nos tuvimos un cariño especial y perdurable y nos hemos alegrado por los logros y felicidad del otro.

Aún hoy siempre me pregunté qué hubiera pasado si no le hubiéramos tenido tanto miedo a la abuela y seguido el instinto y la determinación de jugar al papá y la mamá; si hubiéramos cruzado la línea ya de adolescentes.

De adolescente pensaba si la abuela había rezado lo suficiente también por ella misma, porque la abuela era la que supervisaba nuestras plegarias, pero nadie la supervisaba a ella.

# Madrid-Maestrazgo

Según mis cálculos debía llegar de Madrid a Cantavieja manejando por cinco horas. Son aproximadamente 372 kilómetros de distancia y la verdad no me orientaba bien porque yo estoy acostumbrado a calcular la distancia en millas y la temperatura en grados Fahrenheit, es decir, al revés que todo el mundo gracias a la terquedad etnocentrista del país que me acogió.

Salí a la diez y media de la mañana de Madrid en un todoterreno automático que alquilé a un precio algo costoso. Llevaba conmigo un buen mapa para llegar seguro a Cantavieja.

En Estados Unidos he manejado hasta trece horas desde Virginia a Alabama por lo cual supe que disfrutaría la travesía, aunque era crucial que manejara con cuidado para evitar perderme. Tengo cierto sentido de orientación al menos cuando manejo, pero suelo perderme cuando dejo el coche en un estacionamiento y más de una vez he llamado a seguridad para que me ayuden a encontrarlo.

Salvo el desvío que tuve en Getafe (me fui en sentido opuesto a mi destino) no pasé mayores contratiempos. Me fui directo por la carretera europea E-90 hasta Alcolea del Pinar, que es donde conectas con la A211. Paré solo en El Pedregal para echar gasolina porque llevaba unas frutas que cogí en el hotel y barras de cereal; por ello mi parada fue breve apenas para refrescarme y usar los servicios higiénicos. La A-211 se une con la A-1509 a la altura de Bueña (creo que ese es el nombre). Luego pasando Perales del Alhambra sigue la N-420.

Al iniciar mi camino quise parar por Alcalá de Henares donde queda una de las Rutas de la Lengua Castellana y pensaba en Miguel de Cervantes Saavedra o quizás pensaba más en el pobre y tierno Quijote, pues es él quien ha trascendido e incluso superando a su creador. O tal vez pensaba en mí y en estar también aventurado en una travesía quijotesca y sin un fiel escudero al lado. No tenía ningún Sancho amigo, ningún Rocinante, solamente un todoterreno rojo en aparente buen estado y algo de locura o mucha estupidez, un anuncio que la senilidad quizás ha tocado mi puerta y ya se ha sentado en mi mesa.

Mientras manejaba vi algunos letreros de otras ciudades como Medinaceli, Sigüenza, Calamocha y me preguntaba: ¿Algún pariente no habrá cruzado a caballo por aquí? ¿Habrá algún tatarabuelo o bisabuelo mío recorrido estos parajes, cual Sancho montado en un burro? Nunca lo podré saber porque al Nuevo Mundo llegaron los españoles desde tantos lugares, pero sí sé que era quijotesco este viaje, aunque no existan molinos de viento con quien pelear. Faltaba un tramo para llegar a Teruel y de allí a Cantavieja. Me esperaban todavía las autopistas A-228 y la A226.

Precisaba saber la verdad, el origen de mi familia y mis raíces. Sé que al final no obtendría nada, pero desde que tengo uso de razón siempre he querido saber cosas que típicamente a mucha gente no le importa: el origen de los pueblos y culturas, la reencarnación, el misterio de la vida y la muerte, la música medieval y clásica, las cruzadas, la similitud entre los libros religiosos sean estos el Corán, la Biblia o la Bhagavad Gītā.

¿Por qué mi abuelo escogió la sierra de Cusco y ese pueblito de San Jerónimo en vez de la ciudad? ¿Por qué mi abuelo siempre miraba el horizonte como buscando el sol y apagaba un cigarro tras otro cada tarde en la que moría el sol extenuado?

Es probable que muchos no lo sepan, pero dicen que un quince por ciento de los apellidos peruanos son de origen vasco y que en el Cusco el porcentaje es más alto. A muchos no les importa, pero a mí me gustaría saber por qué.

Mi padre no sabía nada de España, pero poseía una contextura flaca e hidalga como un Quijote. Era fuerte como roble viejo y trabajó como leñador por muchas décadas. Sus cabellos eran negros, su nariz, orejas y mentón eran prominentes y sus ojos marrones tenían una mirada pétrea y hermética. Sus recuerdos eran nubarrones oscuros en lo que decía estar en un pueblo donde había vacas y cabras, después recuerda haberse subido a un barco y de allí luego de muchos días al Perú. Si mi padre era de pocas palabras, mi abuelo era prácticamente mudo y respondía con monosílabos. Tuve un buen padre, pero nunca se comunicó conmigo ni con mis hermanos. Cierta vez que hablamos cuando limpiábamos su escopeta le pregunté sobre la cicatriz en su mejilla y dijo que no recordaba mucho, que le ocurrió cuanto tenía cuatro o cinco años. Un perro lo mordió. Al menos eso le contaron mis abuelos, él solo recuerda imágenes fragmentadas, borrosas como el vaho de un espejo que se limpia lentamente: le dolía la cara, había un perro, recuerda ladridos, él estaba en el suelo y nada más. Esas evocaciones venían a él como un sueño violento, un chubasco negro, como un mal sueño... como un mal sueño uno de esos días mi abuelo se lastimó una pierna y se le infectó. Semanas después se la tuvieron que amputar, pero la herida no cicatrizó adecuadamente y el abuelo falleció a las pocas semanas de gangrena.

Mi madre Genoveva Usandivaras fue una mujer jeronimiana de cabellos azabaches y ojos pardos intensos. Su piel era acanelada y se ponía a veces muy dorada con el sol serrano. Por su lado materno tenía apellido incaico. Un día contaré esa historia.

Muchas veces vi a mi madre partir troncos de árboles, hacha en mano. Su mirada era casi militar y ella tampoco era muy afectiva, pero siempre me tenía muy aseado, y me preparaba una buena merienda para mandarme a la escuela. Al ir creciendo, era mi hermana o la *sirvienta* la que me preparaba mis alimentos. En Perú, hasta hoy existen personas que sirven la comida y le lavan la ropa a los "señores": lavan los calcetines y hasta la ropa interior. En mi patria suavizan las palabras: a una sirvienta se le llama empleada doméstica. Hoy les llaman *cariñosamente* «empleadas del hogar», pero igual sus empleadores les tratan de manera servil y hasta los niñitos de la casa les dan órdenes. Colonialismo puro. En la sierra, aún hay gente que sirve a sus patrones y no recibe sueldo, sino propinas, una habitación paupérrima, comida y muchas palabras ásperas en forma de insultos. Recuerdo de pequeño haber visto la peor de las vejaciones de mi vida. Mi hermano mayor tendría veinte años y lo vi pateando con todas sus fuerzas a un empleado de la casa, quien (con mucha vergüenza reconozco) era llamado por todos: indio borracho, indio insolente, indio asqueroso.

# Yo, Chelo Azaldegui

Seguro que ahora dirán que yo soy la mala de la película como esas radionovelas mexicanas que tanto se oyen aquí en el Perú y que vienen de Cuba o de México. Yo no soy una persona con estudios superiores porque ni terminé la primaria en mi país y aquí en Cusco había que trabajar en los deberes de la casa, criar a mis hijos, cocinar y saber administrar un hogar porque los hombres no hacían nada más que trabajar y luego al regresar a casa tomaban cerveza o té piteado que no es otra cosa que pisco con hierbas. Hay muchas maneras de prepararlo, pero no vengo hablar de hierbas ni alcohol.

Como les dije, no habré estudiado, pero aquí fui a la escuela nocturna del pueblo y leí de todo. En España, asistía a la misa siempre de la mano de mi madre que me ensenó todos los rezos en castellano y en latín. Así que, en las misas de San Jerónimo, éramos solamente la gente culta los que sabíamos seguir la misa en latín. Antes el cura daba la misa de espaldas (como tiene que ser) porque detrás está la masa inculta que no puede mirar de tú a tú a un vicario de Cristo.

Porque estas masas repiten como curas *chicheños* (como dice Ricardo Palma) el sermón del cura, pero no tienen idea de lo que dicen. El latín es muy importante para la comunión con Dios porque así lo manda nuestra Santa Madre Iglesia desde el Vaticano que vela por nosotros, que somos un rebaño de pecadores.

Por fortuna tenemos a Dios-Cristo, a Santa María Virgen, al Papa y a nuestro San Jerónimo, doctor de la Iglesia. Aquí conocí a ese santo benefactor. A cuenta de qué vengo a hablar tanto de Dios y la Iglesia dirá usted. Pues quiero aclarar lo que es justo y necesario.

Yo soy una persona cristiana católica apostólica y romana como tiene que ser y estoy en contra de la inmoralidad y sobre todo de las sectas, esas "religiones" que dicen creer en Cristo, pero que no creen en la Virgen María ni en los santos (imaginen tal pecado). Yo sé lo que me digo cuando exijo rectitud y que no se confunda ser estricto con ser malo.

Es cierto que yo una vez castigué duramente a uno de mis nietos y le pegué con el azote. Sí, le pegué y bien sabe él por qué: yo no permito inmoralidades ni faltas de respeto a Dios. Además, si uno no los corrige de chicos pueden salirle delincuentes y hasta, quién sabe, con otro tipo de desviaciones. Sé que mis nietos y mi hijo van a agradecer que he sido implacable, pero siempre bajo la mirada de Dios.

Seguro sabe que mi nuera una vez trató de indio insolente a la hija del señor Huamán. Pues ese día yo felicité a mi nuera porque puso en su sitio al susodicho y a su hija. Que pueden ser católicos y buenos cristianos, eso no lo dudo. Enhorabuena y me alegro por ellos, pero cada cual en su sitio. Tal como nos sentamos en la iglesia: las familias más antiguas cerca al clérigo y al altar y atrás la plebe que tiene, repito, su legítimo derecho de adorar a Dios, pero desde su lugar.

En esta vida hay clases sociales y todo tipo de gente. Cada quien puede vivir su vida y nos podemos saludar educadamente, pero siempre siguiendo los principios que ya expliqué. Los de la plebe, los mestizos, los indígenas nos deben saludar de don y de doña y allí recién nosotros respondemos el saludo.

Me dirán racista, pero no me importa, porque todos en el fondo somos racistas de una u otra manera, aunque digan lo contrario. Siempre han existido en todos los lugares las clases sociales. Hasta los incas tuvieron sus clases sociales, a ellos nadie los ha llamado racistas. Los incas tenían un imperio y conquistaban a otros pueblos. Nadie es perfecto. Nadie.

Por eso defiendo a mi nuera que es peruana, pero tiene apellido español y un apellido inca, pero noble.

¿Qué yo no he cometido pecados? Por supuesto que sí, pero yo le he pedido perdón a mi Dios, rezado mis plegarias, siempre he comulgado y además donamos dinero a la Iglesia y para todas las actividades. Invitamos al presbítero Polibio Paliza Quispe a nuestra casona una vez al mes. Matamos un carnero, le ofrecemos papa huayro, chuta y chuño (papa seca), vino o cerveza y siempre le entregamos nuestro donativo sin estar hablando de eso para que la gente se entere. Hasta a jamón serrano le hemos invitado. Es un poco difícil de conseguir, pero de cuando en vez algún religioso español nos visita y trae jamón; claro que nosotros retribuimos con buen vino y comida a los religiosos que nos visitan.

El vicario de Cristo nos ha asegurado que con nuestros rezos y donaciones nos estamos haciendo un lugar en el cielo para mi esposo y para mí. Los pecados que pude haber cometido, ya no existen porque las bendiciones de Dios han borrado el pasado.

Por eso, porque tengo la conciencia limpia no tengo miedo de corregir y exigir respecto y moralidad, con gritos, castigos físicos (azotes incluidos). Porque una buena formación, como la educación, "con sangre entra" como dice el refrán.

Esto es lo único que tengo que decir. En mi casa tenemos un Cristo en la sala y por ese Cristo que está allí le juro que no me arrepiento de nada de lo que hice porque Dios omnipotente sabe que todo lo que hice fue por un buen mañana para mi hijo, mis nietos y mi familia. Que se me pudo haber pasado la mano alguna vez con algún azote, seguro que sí. ¿A Napoleón no se le habrá pasado la mano también con algunos soldados enemigos? Seguro que sí, y muchos lo admiran y estudian. Entonces si a un gran líder se le perdona todo, ¿por qué se me exige perfección y se espera tanto de una mujer anciana como yo sin estudios superiores?

Yo siempre he actuado de buen corazón y bajo los preceptos de la Santa Iglesia y si debo pedir perdón solo lo haré antes Dios, mi Dios o su representante en la tierra.

# Un pequeño romance en Estados Unidos

Cuando Daniela se divorció de mí, acordamos que ella tuviera la patria potestad de Horace y que yo tuviera a nuestro hijo los fines de semana. Los fines de semana eran los días que para mí tenían sentido. Daniela, por fortuna, llegó a formar un nuevo hogar.

De lunes a viernes después del trabajo en la biblioteca, no hallaba qué hacer. Estaba volviéndome loco y a veces les hablaba a las paredes. Hice terapia y mi sicólogo me aconsejó que encontrase un trabajo simple, uno que no me generase estrés. Entonces no sé por qué tuve la idea peregrina de trabajar repartiendo pizzas en las noches. No necesitaba el dinero, pero ver gente todos los días me hacía sentir menos solo.

Repartía pizzas en casas y hoteles en la ciudad de Fairfax. Cierta vez una mujer atractiva y de intensos cabellos rojizos me abrió la puerta. Al verme se cubrió los senos con las manos cruzadas y se disculpó. Dijo que esperaba a una persona especial (el afortunado seguro traería una botella de vino para asentar la pizza). Igual ella fue amable y me dio diez dólares de propina. En otra ocasión un tipo inmenso de cien kilos salió con bata y en pelotas y dijo que vivía en hoteles porque los suburbios de Estados Unidos estaban plagados de gente extraña e inmigrantes pobres. Recuerdo que me dio treinta dólares de propina y me miró con lástima. Sin duda era un trabajo mal remunerado pero algunas propinas eran dadivosas. En un año junté cinco mil dólares.

En la pizzería me hice muy amigo de la manager, una rubia llamada Courtney. Era cinco años menor que yo y muy guapa. Tenía algunos kilitos de más y era comprensible porque, luego de dos meses, yo también subí de peso pues comía pizzas y pastas a menudo, gracias a un generoso descuento por ser empleado.

Yo cerraba el restaurant con Courtney quien necesitaba alguien mayor para hacerlo porque los muchachos de dieciséis años que allí trabajaban, por ley, no podían quedarse hasta la media noche. Y así "cerrando" la tienda Courtney y yo nos hicimos amigos. Le conté que yo trabajaba en una universidad y ella me dijo *wow* y nos reímos. Ella estaba muy orgullosa de ser manager de una tienda. Había empezado de cajera cuando tuvo dieciséis y pasó a ser cajera principal cuando cumplió dieciocho. Llegó a límites insospechados en su carrera en el negocio de la pizzería. Fue supervisora de turno, manager de turno y luego ascendió a manager general de la tienda. Como parte de su entrenamiento hizo de repartidora y, claro, su velocidad para preparar, cortar y colocar las pizzas en las cajas era meteórica. Reclutaba, entrenaba a los jovencitos que después del High School venían a trabajar. Estados Unidos, aprendí, no era como Sudamérica donde los hijos son unos buenos para nada que incluso no trabajan sino a partir de los veinticinco años. No, en Estados Unidos desde los dieciséis años los jóvenes trabajaban y a los dieciocho tenían coche.

Courtney lucía orgullosa un adorno que yo consideraba grotesco: una tabla de picar legumbres con letras plateadas que decía: «a Courtney, premio a la constancia».

Yo era muy lento en los menesteres de preparar pizza; soy torpe con trabajos manuales, pero Courtney me tuvo mucha paciencia y como era un buen conductor me dio horas extras que yo tomé como si se tratara de un premio literario.

Courtney tenía sueños: formar una familia, tener su propia franquicia, comprar una casa no muy grande, tener un perro. Ella nunca tuvo a su padre al lado y su madre murió de alcoholismo. Ella era una creyente del American Dream; yo, un incrédulo de todo y de mí mismo.

Un día que cerramos la tienda casi a la una de la mañana, me dijo si quería tomarme una cerveza y asentí. Fuimos a un barcito de Centreville llamado Hidden Tree donde tocaban música country y rock y por primera vez bailé una balada country. Las cervezas desfilaban una detrás de la otra y Courtney ponía más monedas en el

Juke Box. Una hora después saltábamos al ritmo de *You shook me all night long,* de AC/DC. Dos horas más tarde hacíamos el amor en el departamento 69 de un hotelito de Centreville cerca de la ruta 28. Esa noche comprobé que las manos firmes de Courtney podían hacer maravillas no sólo haciendo masa de harina para pizza. Tenía dedos divinos y toda ella, desnuda, era bella y simétrica, rubicunda, llenita y apetitosa como la Naná del francés Zola. Una mujer simple de sonrisa afable, cercillo como cualquier actriz de los 80: Meg Ryan o su tocaya Courtney Cox.

La verdad yo me sentí bien en un inicio. Su apellido era Sorensen (su bisabuelo fue danés). Ella me decía que su apellido tenía raíces en Milwaukee (Wisconsin) y que como buena danesa era amante de la cerveza. Así que Courtney, mi valkiria y yo empezamos a salir "formalmente". A veces me quedaba en su apartamento y ella en el mío. En el trabajo guardábamos las apariencias, aunque creo que los demás simplemente se hacían los estúpidos.

Nuestra vida se centraba en trabajar y salir los fines de semana. Nunca salíamos con nuestros respectivos grupos. Los amigos de Courtney eran personas agradables que trabajaban principalmente en trabajos manuales: cocineros, carpinteros, meseros. Por allí algún empleado en la municipalidad. Gente laboriosa, cristiana, simple y en su mayoría fieles seguidores del equipo de football local: los Redskins. Una vez me invitó a ver un partido de football en su apartamento, pero como no entendía nada, me dediqué a beber cerveza y comentar generalidades: qué tal jugada, ese Quarterback lanza la pelota como un cohete, tiene dinamita en las manos.

Mis conocidos eran por lo general de la universidad y en su mayoría tenían estudios concluidos o por concluir. No sé si fue prejuicio mío, pero siempre pensé que sus amigos y yo no teníamos nada en común y que quizás ella tampoco tendría mucha afinidad con mis amistades o conocidos. Nuestra relación era una de fines de semana y sin un grupo social que frecuentar.

Lo inevitable o el principio del fin vino una noche que terminamos de hacer el amor. Me preguntó si yo tenía vergüenza de ella y aseguré que no. Me preguntó por qué nunca la había presentado a mis amigos. Allí mismo, puse excusas. Me excusé diciendo que me encantaba compartir tiempo con ella, que yo no era muy sociable y además conocía muy pocas personas. Verdades a medias.

La abracé aquella noche e hicimos el amor hasta tarde, pero me quedé pensando si ella tenía razón y yo inconscientemente era prejuicioso. Ella intentaba saber de mí y complacerme. Escuchábamos *Las Cuatro Estaciones* de Vivaldi y yo le pregunté cuál estación era su preferida y me dijo que era el invierno porque hornear pizzas en verano era un suplicio. Yo te hablo de Vivaldi. "Ah", susurró ella. "Todo el CD me gusta". Le puse *Barcarolle* de Offenbach, pero no le gustó y luego Tchaikovski y ella me dijo que se parecía a una canción de la película *La Bella Durmiente* y le aclaré: ¡*La Bella Durmiente* es uno de los valses más largos y logrados de Tchaikovski! Y ella dijo *ah* y que no importaba de quién era. La música debía simplemente disfrutarse.

Era diciembre —lo recuerdo— y en la universidad organizaron una cena de empleados para intercambiar regalos y dijeron que podíamos traer a nuestras esposas o novias. Yo dudé en llevar a Courtney a la fiesta.

¿Habría algún otro empleado cuya pareja sería, digamos, pintor de brocha gorda o mesera? ¿Talador de árbol o cocinera de un restaurante griego, italiano o francés?

¿Por qué me incomodaba algo que sencillamente era ridículo? Y entonces una voz cordial como un Ángel de la Guarda me decía: "Es manager de una tienda, sería peor que fuese vendedora de flores, barredora de letrinas, o peor todavía: vendedora de tamales o pescado en un supermercado. Además, es una mujer guapa, es muy alegre, agradable. Te gusta, te hace feliz y en la cama se llevan magnífico".

Y después, esa voz me urgía a llevarla a la reunión y hablar de los sueños de ella, exagerar diciendo que ella pondría una franquicia y que quizás sería la mejor pizzería de Northern Virginia. Que un día, quién sabe, ella podría ser una pizzera famosa y salir en televisión dando recetas junto a las celebridades.

Yo sería con el tiempo escritor y le ayudaría en el restaurant por las tardes, por las noches haríamos el amor y en la mañana yo dormiría. Y luego tendríamos hijos que serían mitad peruanos, mitad norteamericanos con rasgos nórdicos. Y quizás a uno de ellos le llamaríamos

Thor, Odín u Olaf. O tal vez Túpac, Atahualpa, Pachacutec o Yahuar Huaca (el Inca que lloraba sangre).

Sin embargo, había otra voz resoluta y áspera que acallaba a la voz cordial. "Estas hablando tonterías. Eres profesional. Esa mujer acabará gorda con cien kilos y morirá haciendo pizzas. Vas a quedar en ridículo en la universidad. Déjala. Déjala, no seas imbécil y busca una académica, una escritora, una poeta que te entienda y vibre como tú", me decía esa voz. Era mi Demonio de la Guarda que siempre me daba consejos y me aseguraba que yo valía más que ella, más que el común de los mortales. Que yo era un escritor en potencia, pero que no despegaba porque tenía un ego pobre y me portaba como un imbécil mediocre, acostumbrado a la simpleza de una vida corriente. "Déjala. Un día encontrarás quizás una pintora, o una mujer algo mayor, pero con un buen trabajo y así podrás escribir tranquilo. Acabarás pesando cien kilos y te dará un ataque al corazón mientras repartes pizzas. Courtney es guapa, pero es una mujer sin mucha instrucción con la que sólo puedes ver football, tomar cerveza, eructar y ver fuegos artificiales el Día de la Independencia. Y tú sueñas con ser como Baroja o Unamuno.

La última semana de diciembre no fui a la pizzería y me alejé de Courtney y nunca más le contesté el teléfono. Me vino a buscar a mi departamento dos veces, pero no le abrí la puerta. Mi auto azul estaba afuera. A buen entendedor, pocas palabras.

No voy a mentir diciendo que no pensé en ella. Fui a la pizzería algunas veces y estacioné el auto con las luces apagadas en la acera del frente. Una vez me quedé dormido en el auto y tuve un sueño. La vi a ella y a mí mismo con cien kilos, sentados viendo football, tomando cervezas y una botella de gaseosa de dos litros, cajas de pizza alrededor, cajas de pizza en el suelo, cajas de pizza encima del televisor, cajas de pizza en el mueble, y hasta cajas de pizza que caminaban solas por la pared. En vez de sandalias, yo tenía puestos cajas de pizza para estar en casa y así ahorrar para poder abrir una franquicia. Cuando desperté, encendí el auto y sin mirar atrás me alejé para siempre.

Courtney nunca se convirtió en una celebridad, ni salió en la televisión junto a los famosos, pero he leído sobre ella en un periódico local. Ha inaugurado una pizzería en Fairfax. En la foto lucía más radiante que antes, siempre gruesa, y con caderas heroicas como buena nórdica. La simpática nota decía que Courtney estaba yendo al colegio comunitario para graduarse de Chef.

Quise llamar a Courtney, pero noté que su apellido había cambiado de Sorensen a Summer y no quise entrometerme. Al lado de ella (en la foto del periódico), alguien muy orgulloso le tomaba de la mano casi gritándome: el esposo y futuro padre de los hijos de esta bella valkiria soy yo. Y usted hijo de Baroja, ¿en qué anda?

Me alegré por Courtney y sonreí, no sé si lo hice por ella o sin quererlo me burlaba de mí mismo.

# Cantavieja

Apenas llegué a Cantavieja un sentimiento intenso y extraño se apoderó de mí: lloré. Escribí los nombres de las ciudades para evitar equivocarme en mi viaje, porque España, pese a ser encantadora y pequeña comparada al megaterritorio en el que vivo, me resultaba inhóspita y además mi memoria para recordar eventos no siempre concuerda. Yo solía tener muy buena memoria y de joven podía recitar varias estrofas de *Coplas a la muerte de mi padre*, de Manrique, o *La vida es sueño*, de Calderón de la Barca.

Lloré en Cantavieja porque me hizo recordar a San Jerónimo, el pueblo serrano donde nací. San Jichu es una tierra fría y ganadera. Tiene una iglesia antigua en la parte alta del pueblo. Detrás de la iglesia sosiegan montañas verdes que en invierno albergan nieve en sus cumbres. Y el pasto ora verde, ora amarillento, siempre cobija vacas y ovejas alrededor.

Cantavieja es sierra o al menos yo lo veo así y se ubica a 1.290 sobre el nivel del mar y San Jerónimo (el departamento del Cusco) está a 2.800. Las casas llamadas señoriales, los caminos inclinados y las viejas casas de Cantavieja se parecen a San Jerónimo, típico pueblo serrano de noches frías, aguaceros y truenos. Aun en verano y aunque el sol queme, el agua de los ríos son un témpano de hielo para el foráneo acostumbrado a los veranos de la costa peruana en la que el mar es a veces caliente.

En San Jerónimo, por las noches el viento sopla casi como un lamento y muy pocas personas caminan por sus calles oscuras, débilmente iluminadas por postes de luz colocados cada cien metros. Algunos parroquianos circulan de noche y un grupo de jóvenes fuman cigarrillos y beben algún trago para mitigar el frio. Una botella de té piteado (tiene hierbas al gusto, anís, pisco, limón) es el fiel compañero en las noches cusqueñas. En restaurantes lo preparan con jarabe de goma, pero los muchachos a veces le echan solo yerbas y pisco.

En mi pueblo los apellidos Aragón, Santander, Garmendia, Macera, Godoy, Linares, Usandivaras o Alegría se escuchan comúnmente, más no así en la capital donde los apellidos más conocidos pueden ser González, García, López, Peña y a veces apellidos italianos, franceses, ingleses, chinos o japoneses. La gente en los pueblos tiene siempre un aire más virreinal y arcaico diferente de Lima porque no han estado expuestos a lo cosmopolita.

Recordé San Jerónimo, el río llamado Huacotomayo, la montaña Picol (Apu Picol o Dios Picol en quechua) y su santo patrón de origen yugoslavo. En la sierra del Perú, muchos pueblos tienen como patrones a santos europeos.

Cuando es Semana Santa los pueblos de San Jerónimo y San Sebastián llevan las andas de sus santos a toda velocidad. El objetivo es llegar primero a la Catedral del Cusco, creyendo que así sus pueblos serán más prósperos. A veces ambos pueblos hasta se han trenzado a golpes y pedradas. Una vez los impíos de San Sebastián dejaron manco al Patrón San Jerónimo al que llamaban domador de leones. Todo porque en el anda de San Jerónimo hay un león al lado del santo. Y los jeronimianos no se quedaban atrás y llamaban a San Sebastián, "Tarzán", pues vestía ropas rasgadas; según la historia que lo mataron a flechazos en la época del imperio romano.

De ese pueblito llamado San Jerónimo, salvo mi hermana, mi hermano y yo emigramos a Lima. Mi padre nos dijo que en la sierra moriríamos de hambre o seríamos criadores de burros.

No sé por qué mi destino ha sido acabar mis días en Estados Unidos, lejos de Lima, la cual fue mi casa un día, lejos de San Jerónimo pueblo donde casi no me recuerdan porque muchos de mis amigos ya fallecieron. Ya no tengo muchos lazos en Perú salvo mi hermano mayor que volvió a Cusco y una hermana en la acogedora ciudad de Arequipa que tiene muchos rasgos coloniales y un volcán llamado Misti.

Tampoco tengo amistades en Perú y por culpa mía. Yo laboraba en una universidad como profesor de Literatura. No era un gran trabajo, pero era feliz con mis alumnos y colegas hasta que en una borrachera en las que celebrábamos el día del maestro, quise imponer mis ideas y escupir palabras que quizás debí callar, aunque fueran ciertas. Dije que todos los peruanos éramos unos maricones (cobardes). Maricón el Inca Atahualpa que mató a su hermano Huáscar y que los incas no fueron como los mapuches chilenos quienes bajo el mando de Lautaro mataron al "conquistador" Pedro de Valdivia; qué ironía: el conquistador fue decapitado por sus conquistados tal como lo cuenta Alonso de Ercilla y Zúñiga en *La Araucana*.

Maricones los seguidores radicales del presidente Piérola que saquearon alrededor de 1895 la casa e imprenta de mi paisana y pariente Clorinda Matto de Turner que se llamaba Grimaneza Matto Usandivaras. El apellido materno de mi madre es Usandivaras, lo he dicho ya. Mi hermano mayor me dice que es un apellido vasco, pero yo no sé si creerle. Él dice que está haciendo averiguaciones, pero cuesta creerle porque no siempre está lúcido.

Maricón el presidente Mario Ignacio Prado que en plena guerra con Chile alrededor de 1879 se fue a Europa a comprar armamento y no regresó. Maricones aquellos quienes dejaron que el ejército chileno llegase hasta Lima como si fuese su chacra. Maricón el presidente Alan García que huyó a Colombia y vivió como rey en Francia. Maricones los congresistas que firmaban guerras en las cuales sus hijos no peleaban. Maricón el rector de nuestra universidad que no luchaba por nuestros colegas y sus mejoras salariales. Maricones los escritores burgueses que controlaban la mafia editorial de Perú. Maricones los estudiantes que validaban dictaduras como las de Fujimori, que minimizaban las secuelas del terrorismo y que no protestaban como los jóvenes chilenos; "y maricones ustedes colegas, porque no creen que los académicos y escritores deberíamos ser una cofradía, paladines de la cultura, forjadores de un camino para los escritores jóvenes. Debemos dejar de condecorarnos entre nosotros. Maricones ustedes que desprecian a los no académicos. ¿Sabían que William Faulkner (Nobel de Literatura) no terminó su educación secundaria? ¿Sabían que Octavio Paz (otro Nobel) no obtuvo título universitario alguno?".

Les dije a mis colegas que debíamos unirnos, si no nunca llegaríamos a ser escritores, además carecíamos de apellido como la uruguaya Delmira Agostini "La nena", como el chileno Huidobro, hombre de familia adinerada, como el argentino Borges que siguió sus estudios en Ginebra y como el francés Guy de Maupassant o el ruso Tolstoi, ambos de familias aristocráticas.

Mis colegas me dieron una mirada compasiva y yo seguí ninguneándolos. Sin apellidos de alcurnia y con sueldos de hambres jamás tendríamos nuestro cuarto de hora de fama en el canon literario peruano. La literatura es una exquisitez de los ricos. "Así pobretones como somos, nunca lograremos siquiera publicar ni aspirar a un premio literario pequeño".

Después de esa diarrea verbal los ánimos se achisparon y un colega me tildó de resentido, subversivo y hasta de neofascista. Lo reté a trenzarnos a golpes y a falta de espadas para batirnos a duelo, propuse un pugilato a tres asaltos. Los demás nos separaron y allí mismo la reunión acabó.

El rector de la universidad también me puso el pulgar y me echó a los leones y perdí mi puesto en un comité de disciplina integrados por dos de los que presenciaron mi *disertación* bajo los síntomas del alcohol.

En los meses siguientes, ningún excolega me volvió a hablar francamente, aunque me disculpé en varias ocasiones. Cuando les preguntaba si seguían ofendidos me decían que eso era asunto del pasado, pero noté que ya no me invitaban a sus casas, a sus antologías y al parecer corrieron el chisme a algunas editoriales de Lima, a las que acusé también en mis diatribas.

Al poco tiempo y sin opciones, emigré a los Estados Unidos. Hice la promesa de no volver a leer a nadie en español porque en mi delirio, el mundo académico estaba en mi contra.

Me pregunto si es por eso por lo que hice este viaje inútil a Cantavieja. Porque no tengo a otro sitio adonde ir.

Las montañas de Cantavieja me han embrujado y removieron décadas de mi vida, en una suerte de documental en blanco y negro, veo escenas de mi niñez pasar frente a mí. Las callecitas pequeñas son un sendero para atravesar el tiempo. Una anciana encorvada camina con un bastón y pienso en mis padres fallecidos en los 70. Recuerdo a mi madre y sus cabellos negros que luego fueron cenizos, sus cejas pobladas y ojos avellanados; bastón en mano, camina por una calle empedrada de San Jerónimo, con su vestido de domingo yendo a la iglesia junto a mis tías, mientras mi padre renegaba sentenciando que un hombre no podía (*no debía*) confiarle sus pecados a otro hombre y menos a una mujer. La imagen de mi madre desaparece como una piedrecita que hundiéndose en un lago borra la imagen reflejada; me encuentro solo y el viento me despierta del trance.

¿Cuándo caminaré con un bastón? ¿Cuándo me tocará también a mí estar encorvado como una oruga? ¿Cuándo escucharé una voz que me diga como Góngora: «naciste hoy y morirás mañana»?

Bajé del auto para buscar posada. Las casas de Cantavieja tienen tejado rojo como en la sierra peruana, aunque ahora la modernidad que viene a pasos ciclópeos va rebasando generacionalmente las viejas casas de adobe reemplazándolas con viviendas modernas de estilo americano con cochera eléctrica.

No creo que muchos sudamericanos de mi edad vengan manejando un todoterreno por estos lares y encima con la cara hinchada del llanto. Hace un poco de frío esta tarde y hoy he vuelto a fumar cigarrillos después de tiempo. Debo dejar de lloriquear y ver el paisaje. Sería ridículo que algún poblador me vea llorando como un niño y me pregunte por qué lloro. No sabría qué decirle.

Encontré una fonda simpática con un patio amplio para estacionar el coche, dijeron que el trato era familiar y me ofrecieron comida de la casa. Eso es lo que necesitaba: familia y casa. Por la tarde me dieron de comer longaniza, pan y café y luego me mostraron mi habitación: era pequeña, tenía paredes blancas y una ventanita rústica que me permitía ver los árboles y unas lomas con pastos verde-amarillos. Al lado de la cama había un armario antiguo de madera sólida (un lujo casi impensable en Norteamérica donde todo es madera prefabricada). Puse mis pocas ropas y la cajita dorada que me regaló mi dulce Horace. Apenas me recosté en la cama sentí mis parpados pesados como hierro y el día se hizo noche.

# Indagando sobre mi abuelo en el Ayuntamiento

A las nueve de la mañana ya estaba de pie. Averigüé de antemano que aquí las municipalidades son llamadas ayuntamientos. Fui al Ayuntamiento de Cantavieja o Centralita-cantavieja ubicada en la calle Cristo Rey. ¿O era Cristo redentor?

Me acerqué a la ventanilla de información para indagar sobre mi padre y abuelos. Me atendió una señora que aparentaba ser diez años menor que yo; muy guapa y de ojos azules intensos.

—Disculpe, soy un turista norteamericano… bueno peruano.

—¿Y qué hace aquí? —dijo ella y se le dibujaron unos hoyuelos en las mejillas rosadas.

—Bueno. Es largo de explicar…

—Pues no se aflija ni se apure… que no estamos muy liados por aquí.

—Gracias. Mi padre nació aquí aproximadamente en 1905 y quería saber si había *records* de las personas nacidas en ese año.

—Mmm. Me temo que no. Creo que en 1940 hubo un incendio que se llevó información valiosa de inicios de siglo.

—Bueno, si le doy el nombre de mi abuelo. ¿Cree que puede intentar buscar algo?

—Puedo intentar, pero no prometo que encontraré nada… mire que 1905 no ha sido ayer.

Ambos reímos. Ella buscó en la computadora por archivos de 1900 pero dijo no tener nada que me sirviese.

—Sería mejor que pregunte en el pueblo sobre todo con la gente anciana.

—Pero eso podría llevarme meses.

—En Cantavieja vivimos ochocientos habitantes o menos. Cuando hay fiesta puedes ver casi a todos. Recorrer el pueblo toma menos de una hora.

—Veo que tiene usted un muy buen sentido del humor.

—Pero bueno, si no lo tengo en este trabajo me voy a aburrir.

—Ya veo. ¿Dónde me sugiere que empiece?

—Yo empezaría buscando en la guía telefónica local y también en los bares…

—¿Cuántos bares hay en Cantavieja?

—No más de tres. ¿Lleva mucha prisa? Me refiero a cuántos días se va a quedar.

—No sé… ¿Una semana a dos? El tiempo que tome averiguar algo sobre mi padre y mis abuelos.

—¿Cómo se llamaba su padre?

—Agustín. Agustín Linares.

—Linares… Linares…

—¿Le suena algo?

—La barriga un poco… que no he *almorzao* todavía.

—Usted sí tiene sentido del humor —dije sonriendo.

—Trato… bueno, sigamos… debe haber dos o tres Linares en todo Cantavieja. Si regresas en un par de días puedo averiguarte algo. Digamos, pasado mañana.

—Muchas gracias.

—De nada. Dígame, ¿para qué quiere saber si su padre nació aquí?

—Honestamente, no lo sé.

—¿Le puedo dar un consejo? Visite la zona del Castillo, la Iglesia de San Miguel y alrededores. Aquí, en este folleto verá los atractivos del lugar que, hombre, no son demasiados, pero tiene al menos lugares para conocer. Si necesita algo, puede venir al Ayuntamiento.

Le agradecí y honestamente consideré seguir sus consejos. Debía despejarme e intentar recolectar datos para mi trabajo de Baroja.

# La doctora Marchesse

No quiero que piensen que soy un hombre muy solitario (aunque lo sea) y que nunca intenté buscarme una mujer culta, refinada —es decir, a mi nivel—, una mujer que entendiese lo que yo era como persona y profesional. La doctora Marchesse pueda dar fe de lo que le digo. O sea, que lo intenté.

La doctora Marchesse era consejera de estudiantes de la facultad de humanidades. Tenía un doctorado en Literatura Europea y una maestría en Sociología. Ella era cinco años mayor que yo, pero la verdad, sus intensas clases de pilates y yoga le hacían lucir como una mujer de no más de cuarenta cinco. Era muy sobria para vestir y siempre usaba algo de color lila: aretes, un collar, una bufanda o un suéter. Cuando venía a la biblioteca, su aire de seguridad, ese porte de mujer que lo sabe todo me impactaron.

Ella venía a veces para llevarse libros de Boccaccio, Amicis, Calvino y antologías también. Mis experiencias de bibliotecario y escritor aficionado hacían fácil su labor y ella no mostraba reparos en sonreírme y decir que yo le facilitaba su trabajo. *"You make my life easier"*.

Un buen día me preguntó por autores o cuentos favoritos; creo que su pregunta era un mero trámite y le dije que uno de mis cuentos favoritos era "Meter el diablo en el infierno", de Boccaccio, y levantó una ceja y me miró con agrado y hasta creo que se le escapó una sonrisa.

"Es un cuento delicioso", me dijo, y asentí. Llegué a decirle que había publicado un libro de cuentos. "No me diga". "Pues sí le digo". "Vaya, vaya qué sorpresa". "Soy ecléctico, me encanta Baroja, Unamuno, Zola y también Baudelaire". "Vaya, vaya qué bien". Y por primera vez sugirió que, si quería hablar en algún momento de literatura, le escribiera.

Yo lo tomé casi como esas frases hechas que se dicen por cumplir. Mi italiano es rústico como una cabaña construida apenas para soportar el invierno. Puedo elaborar oraciones básicas, saludar, ordenar comida en un restaurante, hacer algunas conjugaciones en presente y un solo verbo en pretérito. Una vez fui a Roma en 1987 para un congreso de literatura gracias a una beca que cubrió mis pasajes y hotel. Mis comidas y transporte local me los pagué yo.

Un día, le escribí en italiano a la profesora para saber si le gustaría hablar sobre Dante Alighieri y ella me dijo que siempre y cuando hablemos de los simbolistas franceses también, que son, obviamente Mallarmé y Verlaine, entre otros. Asentí, diciendo que teníamos que hablar de Breton, eso era imprescindible porque Francia destilaba surrealismo hasta en las lluvias parisinas. Ella me dijo que encantada. Lo único raro es que prefería no citarse en su oficina ni en Fairfax cerca al campus universitario, sino en Leesburg, que es una zona alejada rumbo a West Virginia. Asentí pues imaginé que quizás ella vivía por allí.

El día acordado nos encontramos en un café. Cuando la vi ella no lucía tan segura como de costumbre. Tenía los hombros y el cuerpo entero encogidos como si la hubiesen hundido en una silla o temiese ser descubierta, pero ¿descubierta por quién?

Estamos afuera del café y ella fumaba un cigarro. Me preguntó si me molestaba que fumase y le dije que no, que suelo fumar un cigarro cuando tomo una cerveza. Entonces me invitó un cigarro. Era septiembre u octubre, época del año en la que todavía no hace frío; al menos no para los que vivimos aquí.

Hablamos indudablemente de *La divina comedia, Une saison en enfer,* de Rimbaud y de *Les fleurs du mal,* de Baudelaire. Ella recitó una estrofa de poema de Baudelaire que me dejó electrificado:

### Hymne à la Beauté
Viens-tu du ciel profond ou sors-tu de l'abîme,
O Beauté? ton regard, infernal et divin,

Verse confusément le bienfait et le crime,
Et l'on peut pour cela te comparer au vin.

Yo conocía el poema pero sufrí un poco para traducirlo mentalmente al español:

¿Vienes del hondo cielo o del abismo sales,
¿Belleza? Tu mirar, infernal y divino,
vierte confusamente beneficios y crímenes,
por lo que se te puede comparar con el vino.

Luego de recitar aplaudí con honestidad emocionado por el poema. La doctora Marchesse sonrió y vi sus hombros más relajados. Me contó que vivía sola en Ashburn a quince minutos de allí. Terminamos el ritual del café y le pregunté si deseaba tomar algo. "Me apetece un Vodka Cranberry", dijo ella. Caminamos por Market Street donde hay un pub irlandés y nos metimos. Era sábado y no serían ni las siete y ya empezaba a anochecer.

No sé si dije que tengo poca tolerancia al alcohol y tengo mala borrachera (sobre esto creo que ya me explayé cuando tuve el altercado con mis colegas en Lima).

La doctora Marchesse tomaba como centurión romano después de festejar el botín arrebatado a sus enemigos. Ella se tomó dos Cranberries y no parecían afectarle. Por lo general después de tres cervezas, la lengua se me traba. Ella, en cambio, lucía más locuaz.

Un hombre de mi edad sabe cuándo una mujer se siente atraída por uno. Yo tenía la corazonada, un barrunto, estaba casi seguro de que yo no le era indiferente a la doctora. Ella me halagó diciendo que era un hombre de buenas maneras, pero que para ella su prestigio universitario era primordial y que una indiscreción en la Facultad haría que ella sea la comidilla del día. Le aseguré que yo era, ante todo, aclaré, un hombre, un caballero y que mantendría todo en reserva incluso nuestro encuentro amistoso.

Tomamos una última cerveza y ella puso en el Juke Box una canción de los Rolling Stones: *Like a Rolling Stone*, aunque pudiera haber sido *Let's Spend the Night Together*. La doctora Marchesse sabía bailar y mover sus caderas puntiagudas, cautivas en una falda marrón, ceñida que desnudaba sus rodillas. Ella era delgada y de piernas largas. A los treinta años, seguro debió ser el delirio de muchos alumnos; bordeando casi los cincuenta y tantos, era sin duda alguna, una mujer atractiva y, sobre todo, con clase.

"Estuve pensando en el cuento de Boccaccio. Meter el diablo en el infierno. Qué título más sensual", dijo ella y le di la razón. Me abrazó con una mano casi atrapando mi cuello y con la otra sostenía el Vodka Cranberry. "Me agradas, pero eres más joven que yo", afirmó y yo le dije que eso me tenía sin cuidado, que ella era una mujer guapísima e inteligente. Me sonrió y entonces la besé.

"Meter al diablo en el infierno", repitió y entonces, ya casi ambos intuyendo lo que queríamos, nos fuimos a su casa. En el trayecto escuchamos rock a todo volumen y nos agarramos de la mano como estudiantes universitarios.

Vivía en una casa grande con garaje para dos autos. Cuando entramos un perrito pequeño nos recibió. "Tengo que atender a mi bebé. Dame un minuto", dijo ella. Fue a la cocina y me trajo una cerveza. Me preguntó si quería escuchar jazz o música clásica. "¿Tienes música de Vivaldi?", pregunté. "Por supuesto", aseveró ella. Así que puso Vivaldi y mientras yo estaba sentado en el sofá, ella le sirvió agua y comida a su perrita Lucrecia. La taza y el plato eran rosas. Peste. Esa perrita era una peste porque cada segundo que le dedicaba casi con devoción me indicaba que la doctora Marchesse se desvivía por ese animal.

Regresó a la sala y se sentó a mi lado. Esta vez sus besos fueron más intensos, intencionados, en sus ojos brillaban un aire de control, de mundo, de arte, de poesía, de delirio, la traspiración de mil vodkas cranberries juntos.

"Tenemos que esperar a que Lucrecia termine de comer", me susurró en el oído. Entonces tuve la certeza que el cuento de Bocaccio cobraría vida. Lucrecia terminó de comer y por una puertecita se fue al patio trasero. Subimos a su habitación mientras Vivaldi me anunciaba que algo florecería a pesar de que las notas de la estación invierno se avecinaban incontrolables.

Horas más tarde. Ella y yo bajábamos a la sala y ella tuvo el bello gesto de anudar mi corbata, aunque cuando lo hizo sentí que ejercía un control sobre mí, que jugábamos bajos sus reglas.

"Por favor, no me escribas al correo de trabajo, ni me llames a la oficina por cosas personales. Este es mi e-mail privado y mi celular, pero, por favor, no abusemos de nuestra amistad. Agradezco mucho tu discreción".

Así la doctora Marchesse y yo nos veíamos los fines de semana en el mismo pub irlandés Patrick's o en el ristorante italiano Calabria que estaba al costado. Comíamos algo, tomábamos algo y nos íbamos a su casa. Follábamos un par de horas y de nuevo a bajar por las escaleras.

Cierta vez le pregunté si quería ir a los museos de DC, a algún festival de arte, o una obra de teatro, pero me dijo que su tiempo era limitado y que quizás más adelante. Yo no quería arruinar nuestra amistad que apenas empezaba. Sentía que obviamente por yo tener un máster y ella siendo una doctora quizás había algo de diferencia, pero no contemplaba que esta fuese demasiado.

La verdad, no tenía quejas. Ella era siempre amable y en la intimidad era misteriosa e indomable. Siempre jugábamos en la cama y me recitaba un poema en italiano o en francés y luego me instaba a "meter el diablo en el infierno".

Un sábado me dijo que no podíamos vernos ese fin de semana porque un colega suyo de Alemania estaba en la ciudad. No fue una semana sino dos las que su colega pasó en la ciudad por lo cual casi ni hablamos. La única vez que le ubiqué ella parecía estar en otra ciudad o en otro planeta. Mientras hablamos le daba instrucciones a los que estaban instalando alfombras nuevas en la casa. "Por aquí, no, por allá. Cuidado con esos jarrones chinos", decía ella. "Sí, sí, Horacio. Te escucho. ¡Mierda! Ensuciaron la alfombra. Me tengo que ir. Cuidado con las macetas".

Pasaron casi tres semanas hasta que la volví a ver. Dijo que fuera de frente a su casa como si llevase prisa o lo primordial fuese encamarnos. Tomamos unos tragos, le dio de comer a su perrita y se la llevó a la lavandería y la puso en su casita rosada.

La sala, la cocina, todo había sido cuidadosamente pintado. Esta vez me pidió que lo hagamos en un mueble de cuero rojo. "No me beses. Solo quiero que me la metas", dijo y me exigió que la tratara como si la despreciase, como si fuésemos extraños. ¿Éramos o no en el fondo extraños? Ella me atraía tanto y deliraba por besarla, pero, a eso o no tenerla, accedí a sus requerimientos y lo disfrutamos mucho pues nos corrimos dos veces.

Al culminar nuestro encuentro no me anudó la corbata ni me dijo para vernos el próximo fin de semana y se excusó porque tenía visitas. No dijo amigos, pero visitas.

Cuando nos vimos cerca a la Navidad me dijo que estaba contemplando hacer un segundo doctorado en Alemania por lo cual pensaba poner su casa a la venta. Me dijo que su colega el doctor Sigmund Müller le había gestionado una beca en la universidad de Múnich.

La doctora Marchesse pensaba pasar las fiestas de fin de año en Canadá y dijo que hablaríamos en enero, aunque la verdad, (dijo sincerándose) no había mucho por hablar. Ella me consideraba un amigo agradable pero muy joven y ella tenía muchos planes por delante, sacar su segundo doctorado y quizás enseñar dos años en alguna universidad de Múnich o en Hamburgo.

Le pregunté si tenía una relación con su amigo Müller. No, no tenían una relación-relación, pero dijo que tenían una linda amistad siempre basado en lo intelectual. Imagino que esto se traducía a hablar en alemán, comer salchichas de Frankfurt, beber cerveza, leer a Goethe y Nietzsche y también follar escuchando a Beethoven o Wagner. Vivaldi y Bocaccio ahora no valían un carajo.

"¿Te incomoda mi edad?", le pregunté, y me dijo que eso no tanto, pero más bien ("discúlpame la sinceridad", dijo) sí le molestaba un tanto que fuese un simple bibliotecario. Después se disculpó diciendo que lo que quería decir era que teníamos visiones diferentes sobre el mundo y que me auguraba muchos éxitos si un día me animaba a retomar o culminar mis proyectos intelectuales. Asimismo, me dijo que, en este mundo de mierda, un hombre mayor podía follarse a una mujer joven, una bibliotecaria y siempre se vería bien. Era como reinventarse ("aunque no entiendo qué mierda es reinventarse", dijo después). Pero una mujer mayor follándose a un bibliotecario más joven era, ante los ojos de sus colegas, un espectáculo simplemente patético. Tan patético como escuchar a jóvenes estudiantes de Literatura que querían ser publicados por editoriales grandes de New York sin haber publicado siquiera en pequeñas revistas universitarias; tan patético como oír a escritores jóvenes y no tan jóvenes que le pedían consejos para escribir mejor y no leían una mierda y rogaban por recomendaciones y contactos que ella misma no tenía.

Esa fue la última vez que nos vimos. Follamos por última vez y, aunque lo disfruté y llegamos a culminar, era como si dos muertos estuviesen haciendo el amor o como cuando sabes que no volverás a ver a la persona con la que estas compartiendo tus flujos y gemidos ahogados.

Esa última vez bajé la escalera solo, intuyendo que le iría de maravillas a la doctora Marchesse en su segundo doctorado en Sociología y la tesis que deseaba hacer sobre marginación, tabúes e inclusión social. Vaya, vaya qué bien.

## Excursión por Cantavieja

Por la mañana desayuné rápidamente y me preparé para mi primera excursión. Cantavieja, el pueblo me refiero, en definitiva, ha viajado en el tiempo y retrocedido. Apenas a quince minutos de mi hospedaje vi monumentos que según leo en los folletos son aragoneses-góticos y tomé también fotos de un castillo en ruinas. ¡Un castillo medieval!

El castillo en mención fue derribado cuando la primera Guerra Carlista estalló. Cuenta la historia que Cantavieja estaba al comando del General Carlista Ramón Cabrera conocido como el Tigre del Maestrazgo. Estuve en una pequeña exposición artística en el Museo de Las Guerras Carlistas. Por medio de dibujos animados, la exposición mostraba las atrocidades que Cabrera cometió en Cantavieja donde dio muerte a muchos. Este museo queda en la Calle Mayor justo al lado de la oficina de información turística. Esa parte de Cantavieja es una suerte de enclave medieval y contemporáneo a la vez; ver el paisaje y los restos del castillo es volver a un tiempo ido hace tanto, es como cerrar los ojos abrirlos y ser transportado a otro tiempo, quizás al tiempo en los cuales los primeros antepasados de muchos peruanos, chilenos, argentinos, bolivianos y de toda Sudamérica no imaginaban que un día cruzarían el océano para llegar a América para no volver más. Porque son muy pocos los que vuelven y a veces eso pasa solo en literatura y en la historia de indianos como en *Don Álvaro o La fuerza del sino*, de Duque de Rivas, o cuando te llamas Don Pascual Fernández de Linares.

# Don Pascual Fernández de Linares

Liébana es una comarca histórica de Cantabria, España, y allí el apellido Linares tiene algunos referentes, desde el siglo XVIII. Allí están los pueblos de Linares, Peñarrubia y Camaleño. A tiro de piedra, pueden verse los Picos de Europa, montañas macizas al norte de la Madre Patria y que pertenecen a la parte central de la cordillera Cantábrica que se ubica cerca al mar. La cordillera cantábrica vista desde lejos parece un manto cuneiforme y blanco labrado por miles de mazos y cinceles; sus entreveradas trochas borrascosas les hablan a los andariegos que practican el deporte llamado senderismo.

El clima atlántico templado y mediterráneo que allí habita es de inviernos a veces inestables. Sus veranos son calurosos y por lo general secos. El clima evoca el recuerdo de una anciana encorvada, bastón en mano y de caminar lento, arropada para guarecerse del viento y con la piel agrietada como un riachuelo extinguiéndose.

Linares significa "campo de lino" y sembrar lino era una actividad que se realizaba mucho en Cantabria hasta finales del siglo XIX. ¿Son los linares aquellos hombres que trabajaban en el lino? ¿O aquellos que venían del pueblo de Linares situado en Cantabria? ¿O provenían de Jaén donde hay otro pueblo de nombre similar? Linares parece ser a todas luces un apellido, no patronímico sino toponímico, es decir que hace referencia al lugar de donde se procede.

Desde Cantabria, específicamente desde un pueblo llamado Tudanca, alrededor del año 1700, un Linares fue personaje relevante para esa zona y también libró un rol en una parte de la historia del Virreinato del Perú: Don Pascual Fernández de Linares. Las páginas difusas de la historia son los lentes agrietados de un anciano afable que arrulla y reprende a Fernández de Linares: «¿Cómo pudiste hacer eso?»

Se dice que Pascual Fernández de Linares salió de España muy pobre con apenas un mendrugo. Pero ¿quién lo vio salir? ¿Quién puede afirmar eso poniendo su puño y letra?

Don Pascual trabajó en el corregimiento de Lucanas en Perú y ejerció también como gobernador del Callao. En 1746 un terremoto sacudió las ciudades de Lima y Callao dejando muertos sembrados en las calles como flores negras alrededor de muchas propiedades abandonadas. Gracias a la red virtual llamada internet se hallan algunas páginas que afirman lo siguiente: Don Pascual habría sacado ventaja del terremoto y reclamó todas las casas sin dueño. Pero ¿Quién puede corroborar esto? ¿Quién lo vio usurpando propiedades ajenas? ¿Es Fernández de Linares el primer invasor de propiedades abandonadas del Perú? ¿Cómo sabemos si estuvo en ese terremoto y no en un temblor cualquiera? Perú era y es un país con muchos sismos.

Asumiendo que Don Pascual tuvo suerte cuando el terremoto (cualquiera de ellos) y efectivamente invadió propiedades ajenas que nadie reclamó (las flores negras no pueden hablar), ¿sería esto un portento Divino? Sí, probablemente debió ser La Providencia la que decidió darle una mano pues aún en el Perú moderno del milenio muchos mueren en terremotos y muchos otros en demenciales luchas contra la policía por invadir un terrenito baldío sin agua potable ni luz; tantos pobres infelices, caras sucias, piel terracota, mirada triste, corazón envenenado, piel cetrina; aquellos venidos de las serranías —donde tampoco ahora pueden vivir tranquilos por el terrorismo y el friaje— morían buscando abrirse paso en Lima, "la bestia de un millón de cabezas" del escritor Congrains Martín.

Pero Don Pascual sobrevivió al terremoto. Algunas anotaciones escritas por gente de Santander sostienen que él agradecía a la Virgen de Cocharcas por haberle salvado de una muerte inminente. Nadie puede dar fe que vio a Don Pascual persignándose durante el terremoto, si se rascaba la frente por una simple picazón presa de los nervios o si se cubría la cabeza para que no lo descerebre un ladrillo.

Que sobrevivió eso sí es comprobable pues hay muchos datos sobre su regreso a España. Don Pascual llegó a España y construyó una casona con escudo de linaje y en la entrada principal colocó una réplica de la Virgen de Cocharcas de quien fue fiel devoto. La capilla de estilo barroco fue construida en 1752. Pero el pobre Fernández de Linares era un nuevo rico y por ello no fue bien recibido seguro por la maledicencia y envidias típicas del ser humano que no aceptaban la suerte del Indiano. La excepción fue su sobrina llamada doña Rosa García de Miranda a quien su tío casó con un hombre de bien. No contento con ello y con el don de gentes típica de aquellos de linaje, Don Pascual nombró heredera a su sobrina.

De allí en más don Pascual Fernández de Linares tuvo solamente momentos memorables: participó en la Batalla de Talavera en el año 1809 contra los ejércitos napoleónicos. No murió, lo que de manera inevitable lo convirtió en alguien que fácil pudo haber dicho *Veni, Vidi, Vinci* porque el ejército napoleónico se retiró de la contienda frente a los aliados Inglaterra y España.

Pudiera que Don Pascual haya estado en el regimiento como pelador de patatas o preparando puchero para los combatientes, pero también que fuera él quien con espada en mano ahuyentara al mismísimo Napoleón que andaría ya cansado de pelear con medio mundo: Inglaterra, España, Austria, Rusia.

Ya después llegarían los rumores que un obispo apellidado de la Cuesta menospreciaba a don Pascual, pero a la hora de pedirle dinero lo trataba de gran señor. Eso tampoco puede confirmarse, porque no hay foto a la vista donde se vea al obispo estirando la mano, aunque es sabido que, en este campo de estirar la mano, hay muchas historias de obispos. Las manos de ciertos hombres de fe se han estirado como goma de mascar o como la baba de un sapo que cae chorreante al suelo. Cómo serán de rápidas esas manos que muchos jugadores de póker juegan con cualquiera, pero no con obispos porque esos son lo más rápidos al estirar la mano.

Los descendientes de la sobrina de don Pascual heredaron la casa y uno de ellos, Juan Manuel de la Cuesta y Cossío, convirtió la casa en un refugio para escritores: José del Río Sainz, Giner de los Ríos, y otros de la Generación del 27 y del 98: Lorca, Alberti, Unamuno. Asimismo, el poeta santanderino Gerardo Diego, Camilo José Cela,

Antonio y Manuel Machado, José Ortega y Gasset. Hasta cantautores como el gran Gardel pasaron por aquella casa.

En el ocaso de su vida, Don José María de Cossío, escritor y último propietario donó la Casona a la Diputación Regional de Cantabria y hoy es un museo. Don Miguel de Unamuno recoge algunas de estos datos en *Pasajes y Ensayos*.

En Tudanca, Don Pascual Fernández de Linares hizo algunas obras importantes: construyó la primera escuela de Tudanca y es considerado por ello uno de sus ciudadanos ilustres.

El Censo-Guía de Archivos de España e Iberoamérica e incluso en los archivos de la Biblioteca aún quedan algunos datos de Don Pascual Fernández de Linares con fecha de 1725:

*Comisión al Marqués de Casaconcha, oidor de la Audiencia de Lima, para proceder contra Pascual Fernández de Linares, corregidor de la provincia de Lucanas, sobre excesos en el uso de su empleo y extravío de azogues.*

¿Cuántas escuelas se construyeron en Lucanas, Perú, donde don Pascual fue corregidor?

Eso, lamentablemente e igual que sus acciones concretas en las guerras napoleónicas, jamás se podrá saber.

Lo que sí se sabe, es que el apellido Linares como tantos otros en Perú comenzaba a crecer y no pudo aparecer así nomás por generación espontánea con materia orgánica e inorgánica desafiantes, sino en base a buenos polvos (follar), violaciones, romances, reproducción forzada, concubinatos, matrimonios pactados entre hijos de españoles y la nobleza inca. Aun así el apellido Linares, eso sí se puede afirmar, no es uno muy común ni son de familia numerosa.

# Benito Linares de La Mata

Un tiempo atrás, Horacio Linares le había encargado a un amigo que averiguase sobre los primeros Linares en Cusco. Deliraba quizás con alguna conexión que le ayudara a saber algo más sobre sus orígenes. Horacio había averiguado algo de un tal Pascual Fernández de Linares.

Por aquellos años, Horacio tenía apenas treintaitrés y trabajaba en una universidad como profesor asistente de Literatura. Estudiaba el curso de postgrado y fue en la universidad donde conoció a un joven historiador llamado Hans Weber, que había a su vez sido alumno predilecto del historiador Pablo Macera, el mítico catedrático de la universidad San Marcos. El historiador y Horacio Linares se hicieron amigos. Horacio no sabía qué información darle al historiador. Sabía por su hermano mayor (nunca vio fotos ni nada) que su padre y sus abuelos estuvieron en Arequipa por un corto tiempo y después se fueron a Cusco.

Weber, el joven historiador, era una promesa de las ciencias sociales y también un aficionado a buscar el árbol genealógico de familias adineradas que podían pagar para indagar, entre archivos con olor a moho de la Biblioteca Nacional de Lima, datos que pudieran ayudarles a encontrar algún pasado hidalgo y rancio. Lo que el historiador averiguó es algo que figura ahora en algunos ensayos, doctorados y hasta en artículos como el publicado por un catedrático de apellido Walker: Entre 1780 y 1786, Benito de la Mata Linares, ciudadano madrileño y abogado de profesión era el funcionario más importante en Cusco. Fue asesor del Visitador Areche durante la rebelión indígena de Túpac Amaru II, presidió el tribunal para el juicio y ejecución de Túpac Amaru. Asimismo, la represión que a esta sucedió.

De la Mata Linares fue el primer Intendente de Cusco entre 1783 y 1786. Él sostuvo con insistencia que en cualquier momento podría gestarse otra sublevación. Concluía que Cusco estaba poblado sólo por "traidores y cobardes". ¿Quiénes eran pues esos cobardes? ¿Los españoles que se arredraban ante los sublevados? ¿Los mestizos que terminaban acatando a España como su Reino y de boca para fuera decían "chi, señor" con ese español fragmentado como en la historia *El cura chicheño* de Ricardo Palma? ¿Los indios que preferían estar vivos y mirar a un lado, aunque violasen a sus hijas y mujeres? ¿Algunas mujeres indígenas ávidas de encamarse con los españoles a quienes veían exóticos? ¿Quiénes eran los traidores? ¿Los españoles que traicionaban a sus mujeres (lejos en la añorada España) encamándose con las bellas naturales mientras que se ensañaban con la cultura de aquellas? ¿O eran traidores aquellos mestizos que por un plato de lentejas y una moneda de oro delataban las futuras sublevaciones?

Quizás todos eran unos cobardes: los españoles por pensar que tenían que buscar honra y fama y echarse a la cama. Qué diferente mentalidad a la de los ingleses que pensaban en trabajar y prosperar en suelo americano. Aun con los cuentos genocidas del Westward Expansion y El Destino Manifiesto, igual no eran ociosos ni creían en títulos nobiliarios y se rompían el lomo trabajando en sus tierras muchos más áridas y con climas agrestes: nevadas, lluvias torrenciales y cuarenta grados de temperatura en el verano y temperaturas bajo cero en el invierno.

Quizás todos los españoles eran unos Quijotes en potencia y pensaban conquistar reinos y castillos e hicieron así de las naturales del Cusco, sus Dulcineas. Pero eran Quijotes que en lugar de corazón tenían en el pecho "arenas del tiempo" y mientras cada granito caía de un lado de la botella al otro iban diciéndose: tengo que juntar oro y volver a España. Ah, nada como ser un Indiano. Volver con oro y alardear de hazañas en el Nuevo Mundo, en Las Indias.

Los Linares, de La Mata, González, García, Vera, fueron creciendo en número; algunos eran tan blancos como sus ancestros, pero poco a poco como una ropa que se lava muchas veces, el color claro de su piel se fue percudiendo, tornándose diferente. Ya los hijos o nietos de los primeros no eran tan blancos como sus ancestros. Los nuevos americanos tenían un color moro, un color cobrizo como bañado en miel, en cebada, en tierra, pero con fisonomía europea.

Y entonces un Linares ya cobrizo se entreveraba con una De la Mata más cobriza aún como una aleación de metales. Así todo se tornaba oscuro bajo ese sol traicionero del Cusco, ese sol que quemaba la piel y jamás brindaba calor; luego ese español de segunda categoría se mezclaba con una Huamán o una Chihuantito y entonces los hijos salían más cobrizos, pero, oh sorpresa, con ojos verdes o azules. Eso sí, cada vez más bajos, otras veces eran altos y corpulentos, pero con rostro aindiado y nariz aguileña.

"Quizás los españoles hubiesen tenido que matar a todos para así poder conservar la raza ibérica", dijo Weber terminado su arenga imperialista a lo que Horacio respondió: "Qué lío de mierda es esto de la genealogía".

Weber le dijo a Horacio que desde los quince años se interesó por la genealogía y que su abuelo Otto Weber, colono alemán que vino a Perú a fines de 1800, se instaló en Villa Rica (Cerro de Pasco). Su abuelo también fue un aficionado a guardar datos genealógicos de la colonia alemana. Pocos peruanos saben (y quizás pocos alemanes en la actualidad) que el 20 de junio de 1857 llegaron al Callao más de doscientos inmigrantes provenientes del noroeste del Tirol (Austria) y la región alemana del Rhin. Se establecieron en el río Pozuzo (Cerro de Pasco), tras fallidos intentos de llegar a la selva.

Así que Hans Weber (Hanscito, para todos sus amigos) le preguntó a Horacio si quería que siguiese investigando, pero este dijo: mejor lo dejamos allí nomás. Le pagó los cincuenta soles que Hans pidió y se olvidó del tema de la ascendencia española.

"¿Sabes que en Arequipa hay un sitio llamado el tambo y tienen un cementerio donde hay varios Linares? Existen tumbas con fechas de 1800. Si quieres investigo más…", propuso Hans Weber. Horacio dijo a secas: "no".

Esa tarde Hanscito Weber se fue a tomar cerveza alemana en el Haití de Miraflores mientras evaluaba cuánto tiempo más iba a soportar con el sueldito de mierda que tenía, en un paisito de mierda como el Perú y si debía quizás irse a Alemania tal como habían hecho sus primos Otto y Norbert tras reclamar su pasaporte y pasado teutón para establecerse a orillas del Rhin. Se preguntó si había valido la pena que su bisabuelo hubiera venido desde la región alemana del Rhin para llegar a la selva abriendo trocha desde Cerro de Pasco. Estaba convencido luego de saber la historia de los Webers, de los Linares y también de los Gibbons y otros apellidos no oriundos del Perú que todos los inmigrantes eran unos locos de mierda pero que al final era tipos con huevos bien puestos.

## Segunda conversación en el Ayuntamiento

Volví al ayuntamiento para conversar con la señora que me atendió inicialmente. Se llama Eva Monserrat. Me dijo que su familia era toda del Maestrazgo y que probablemente siempre lo sería. Tenía una prima en Barcelona, ¿o dijo Madrid?, que se había ido veinte años atrás y que apenas retornaba cada cinco años.

—Buenos días, señora Monserrat. ¿Tiene alguna novedad?

—Señor Linares, en Cantavieja no hay muchas novedades. Sólo las fiestas del pueblo, a veces algún velorio, la celebración de Semana Santa y Pascuas.

—Le entiendo. ¿Pudo averiguarme algo?

—Sí, hay dos Linares. Viven en Mirambel. Otro Linares falleció en el 2007. Lamento no ser de mucha ayuda.

—¿Mirambel? He escuchado ese nombre antes, aunque no creo que sea nada importante. Gracias, creo que trataré de ir a ver a esos "parientes" míos. De todas maneras, deseo conocer Mirambel.

—Pues allí en la oficina turística de al lado pueden llevarte a pasear. Hay sitios bellos y solamente eso: paisajes, construcción medieval y a veces verás algo de gente.

Guardé la dirección de un tal Iñaki Linares en el bolsillo de la chaqueta. Pensé, muy a la ligera, que no llevaba prisa y que debía conversar con la señora Monserrat. Le di las gracias y me fui llevándome a "casa" los ojos de Eva Monserrat.

## Buscando a Iñaki Linares

Fui por cuenta propia a buscar al señor Linares. Tomé la autopista A-226. Llegar a la casita no fue nada difícil, pero tuve un pequeño problema. En la casita no había nadie. Golpeé la puerta varias veces y esperé un tiempo prudencial. Un vecino me miró como si yo viniese de otra galaxia y me dijo que Iñaki no estaba. "Me dieron su nombre en el Ayuntamiento", dije sin brindar mayores detalles y me fui.

El cielo serrano vestía de azul claro casi como un reflejo del mar. A propósito, estoy aprendiendo geografía, a unas horas se ubica el mar Mediterráneo. Me encantaría conocer el Mediterráneo. Yo conocí el mar a los diecisiete años cuando mis padres me enviaron a estudiar a Lima. Desde esa edad hasta que dejé el Perú, extrañé el verde esmeralda del Océano Pacífico. Ya en Estados Unidos, cuando vi por primera vez el azul profundo del Atlántico, fue como haber encontrado un nuevo amor y aprendí a dejar atrás el anterior.

Regresé a Cantavieja y allí, en la oficina turística, un guía me ofreció un tour por la Iglesia de San Miguel y explicarme un poco de su historia:

*La iglesia está dedicada al arcángel San Miguel junto a la muralla y al antiguo hospital de Cantavieja. Su tipología es característica del gótico levantino. Observe que es una iglesia de nave única cubierta con bóveda de cañón apuntado y cabecera poligonal de cinco lados, con bóveda de crucería y sus nervaduras apoyan en ménsulas con cabezas de ángeles. Si se fija bien...*

Ya en la iglesia, en tanto el guía iba hablándome (al único turista que había visto en dos días), mi mente divagaba y la imagen de la iglesia de mi pueblo San Jerónimo se dibujó en mi memoria: su estilo no era medieval, sino colonial y según el historiador Pablo Macera era una ermita donde vivió la élite indígena. Ellos construyeron la iglesia para demostrar su poder. La iglesia de San Jerónimo parece ser del siglo XVI. La fachada es de estilo renacentista. Tiene tres arcos y un balcón en la parte superior. La presencia española en San Jerónimo fue notoria. En 1571 el pueblo en el cual habría yo de nacer ya le pertenecía a la Corona Española. Y eso que los españoles acaban de fundar Lima apenas en 1535.

Ya expliqué que tengo sangre inca por el lado de mi madre. En San Jerónimo existen descendientes de Incas. Un tío mío y mis primos se apellidan Túpac Yupanqui, este apellido le perteneció a uno de los catorce incas que reinaron en el imperio incaico llamado Tahuantinsuyo que en quechua quiere decir *cuatro regiones*.

—Señor Linares, ¿se encuentra bien?

—Sí, gracias por la explicación.

—Tranquilo. Puedo llevarle a ver los barrancos: Los Órganos de Montoro, Los Ojos del Pitarque, o el profundísimo barranco del Río Guadalope. Mañana y pasado podríamos ir a la Iglesuela del Cid que al igual que en Mirambel tiene edificios que son homenajes al trabajo en piedra. Hay muchos templos y ermitas. ¿Sabía usted que la iglesia de Bordón es de origen templario? En el Maestrazgo hay muchos vestigios góticos, medievales y también de las Guerras Carlistas. Aquí el General Cabrera estuvo en sus demonios… digo dominios.

Sonreímos, le agradecí el tour y caminamos iglesia afuera. El sol majestuoso, casi eterno, brillaba soberbio, ese mismo sol que cientos de años atrás había observado también a mis abuelos y bañado con su tibia luz los primeros años de mi padre. Y yo pensando: *San Jerónimo, Cantavieja, ¿Por qué el hombre siempre tiene necesidad de emigrar? ¿Cuándo va a acabar este eterno caminar? Mi abuelo era de Jaén, mi padre de Cantavieja y yo nací en Cusco, estudié en Lima, me mudé a Estados Unidos. Mi único hijo nació en Virginia. ¿Se casará con su novia coreana-americana? ¿Pudo imaginar un hombre como mi abuelo, un hombre simple de Jaén que un día su bisnieto nacería en Estados Unidos y*

*tendría parientes que hablarían inglés, español y quizás algo de coreano?*
*¿Somos todos lobos esteparios? ¿Tenía razón Hesse y su* Der Steppenwolf?
*¿Y si todos tuviésemos una incapacidad psicológica para relacionarnos con*
*el mundo exterior? ¿Y si fuese eso lo que el fondo nos fuerza a desplazarnos*
*por el mundo? Es decir, sentir que no encajamos más en nuestros pueblos,*
*en nuestras ciudades, con nuestras mujeres, y aún con nuestros hijos.*

—¿Señor Linares? ¿Está bien si vamos a Mirambel primero?

—¿Ah?, claro que sí.

# La vista desde Mirambel

Visitamos Mirambel con el guía y empecé a apuntar con una libreta para luego contrastar mis irrelevantes notas con las del maestro Baroja. En *La Venta de Mirambel*, Baroja dice sobre aquel pueblo (y acaso todas las serranías del mundo sean así):

*"Los pueblos de altura tienen siempre un aire más aristocrático, más hermético que los pueblos de llano o de las orillas del Mar. Mirambel ha seguido siendo un pueblo cerrado, hierático, misterioso".*

El aire, es cierto lo que dice Baroja, es puro y el cielo casi siempre transparente. Claro como el agua cristalina de un arroyo cualquiera. He llegado en una época no muy fría pues es septiembre y ha empezado el otoño. El guía dice que el invierno es muy durillo. De vientos siberianos y traicioneros.

He visto la muralla medieval, gótica y amarillenta a la cual hace referencia Baroja. Esta muralla casi encierra al pueblo. Hay cinco entradas: el Portal de las Monjas, el de San Roque, el de Valero, el de la Fuente y el del Estudio. El guía me ha mostrado la construcción más importante de esta zona: el Portal de las Monjas, junto al Convento de las Agustinas. El tiempo se ha detenido o quizás soy yo el que ha viajado atrás, igual como cuando pasé por Cantavieja: una odisea en el tiempo. Es eso, estoy mirando una muralla que a su vez ha mirado alguno de mis antepasados y quizás muchos antepasados de gente que hoy transita por Caminito en Buenos Aires o la Plaza San Martín en Lima, o quizás por la Iglesia de San Patricio en New York. Sí, en New

York. Una amiga española que es poeta me contó que, en la época de Franco, un tío suyo vino a Estados Unidos de muy niño y que nunca pudieron encontrarlo. Tenía apenas cinco o seis años. Casi como mi padre cuando cruzó el Atlántico.

Es increíble pensar que una muralla de piedra vea generaciones de gente nacer y morir. Que nos rebase generación tras generación y observar gente que vivió cientos de años atrás. Y nosotros seres "inteligentes" a veces ni podemos recordar cuando alguien nos para en la calle y nos dice: "Hola. ¿Tú no eres tal? Fuimos juntos a la secundaria". "Lo siento, no me acuerdo de ti".

Cuando mi padre terminaba sus labores de leñador, se sentaba por las tardes a fumar un cigarro. Desde un banco de piedra cerca a la chacra que teníamos miraba el horizonte, las montañas y el sol, siempre miraba a ese sol de melenas doradas al cual los Incas adoraban y por el cual sufrieron hasta que ocurrió la conquista y el choque de dos culturas. Las melenas doradas (aureolas) de los Santos, la Virgen María y Jesús fueron reemplazando al Dios Inti en una suerte de sincretismo cultural y así fueron poco a poco ganándose la fe de los indígenas que empezaron a cuestionar el poder del Dios Inti cuando el Dios Católico "bendijo" a los españoles con la victoria.

El hermetismo del cual habla Baroja acerca de la sierra es universal, porque la gente de sierra es siempre altiva y hermética, como mi abuelo y como mi padre que apenas me contaron algunas historias breves y fugaces como sueños, porque mi padre y mi abuelo son de una generación, de un tiempo en el cual no se conversaba con los hijos, se les criaba dándoles comida y ropa. Se les enseñaba a limpiar una escopeta, a ordeñar una vaca, a darle comida a los pollos o los patos.

Por ello estoy aquí tratando de averiguar mi pasado, algo que fácilmente mi abuelo pudo haberle contado a mi padre. Pero mi padre sabía de España tanto como yo sé de ingeniería nuclear.

Las serranías son herméticas. Mi abuelo y mi padre eran de la sierra. Ergo, mis abuelos y mi padre eran herméticos. Mirambel es más hermético que cualquier otro lugar en el mundo: tiene menos de doscientos habitantes —es casi una cofradía— y se halla también sobre el nivel del mar, a poco menos de mil metros. Se celebran aquí las fiestas de San Roque y Santa Margarita en el mes de agosto.

El guía dijo que cada vez hay menos habitantes en Mirambel y que por aquí se puede practicar el senderismo; y yo lo miré sorprendido y abriendo mis ojos y él me explicó que el senderismo es una actividad deportiva no competitiva que se realiza sobre caminos balizados y homologados, es decir se camina por lugares señalizados.

—¿Por qué me miró así cuando dije senderismo?

—En mi país, Perú —aclaré—, existió y aún hay rezagos de un movimiento terrorista brutal que se llamó Sendero Luminoso. Detonaron muchas bombas en la sierra e incluso en la capital y murieron miles personas durante los 80 y 90 debido al senderismo. Esa palabra escarapela siempre el cuerpo de cualquier peruano que ha visto esa guerra.

—Entiendo. Me parece que deberíamos volver.

Mordimos un emparedado de jamón y regresamos a Cantavieja. El guía me dio un folleto y un librito algo enflaquecido sobre Teruel, las Guerras Carlistas y la época medieval. Antes que se ponga el sol volví a la fonda donde atendían los mismos dueños, don Julio y doña María Teresa. La comida me encantó: ternera de montaña. El jamón y el queso serrano eran casi adictivos. Pensé en llenar mi frágil maleta con pan y el vino de la tierra elaborado de manera artesanal y llevármelo a Estados Unidos.

# Daniela y yo

Yo tomaba un curso de Literatura Norteamericana requerido para poder ser aceptado en el programa de Maestría/Doctorado y Daniela necesitaba el mismo curso para el título de bachiller que le permitiría conseguir un trabajo en el gobierno. Ese era su sueño.

Yo disfrutaba las clases porque leíamos a Irving, a Hawthorne, a Poe. Daniela bostezaba en clase. Otras veces la notaba tímida cuando el profesor le hacía preguntas. Yo me di cuenta de que era latina por el acento, aunque físicamente parecía europea: se apellidaba Castagne-to. Ella se dio cuenta que yo era peruano por mi color canela, chispa y buen humor en clases donde la solemnidad y seriedad son norma del promedio de estudiantes.

Recuerdo que en algún momento me dijo que mi acento "canta-rín" le fascinaba y algunas veces hasta intentaba imitarme hablando como peruana. El acento argentino, algo parecido al uruguayo, me salía bien y Daniela reía al escucharme. Hablábamos de sus gustos y los míos. Naturalmente le dije que yo vivía para la literatura y que las clases eran amenas. Recuerdo que ella miró hacia el techo y frunció el ceño y allí supe que sus ojos verdes eran un árbol de vida: frescos y prometedores.

Un par de veces conversamos al acabar la clase y en cierta ocasión le dije si quería tomar un café y me dijo que con una condición. "¿Cuál?", le pregunté yo. Su condición era más una súplica. "Quiero que me expliqués de qué hablan esos escritores boludos, porque no les entiendo nada. Estoy re-perdida. Esos escritores son unos hincha-pelotas".

El simbolismo de Faulkner y "La unidad de impresión" de Poe tenían mareada a Daniela. No entendía el poema "El cuervo" y decía que el poema se pudo haber escrito (lo misma daba, aclaró) sobre un cuervo o sobre papagayo. La verdad cada opinión suya me parecía más graciosa que la anterior pues tenía una frescura singular al decir las cosas.

El primer café que nos tomamos, cómo olvidar ese momento. Yo hablé sobre Poe, quien escribía elegías porque su esposa Virginia había muerto de joven y el tema de la muerte era constante en poemas como "Anabel Lee" o "El cuervo". El autor estadounidense mencionaba siempre tumbas como en los relatos "El barril de Amontillado" o "El gato negro". Sus escritos tenían fatalidad, horror y muerte.

—Sos raro, peruanito, pero divertido. Además, contigo de aliado sí paso este curso que es un plomo.

—Che, Daniela. No te preocupés, querida —le decía imitando el acento argentino y reíamos.

Daniela y yo nos divertíamos porque hablamos de temas diferentes. Ella había leído a Benedetti y Onetti en el colegio, pero lo suyo no era la poesía sino la contabilidad. Le gustaba el fútbol y era hincha del Nacional de Uruguay. Le dije que había visto jugar a Uruguay dos veces en Lima y recordaba a Francescoli, Alzamendi, De León y a Rubén Paz.

Le ayudé a estudiar y la verdad me lo agradeció y dijo que, si necesitaba ayuda con cursos de contabilidad o matemáticas, ella era muy buena. En ocasiones coincidimos en más de un curso y estudiamos juntos para los exámenes finales. La verdad, ella me gustaba, pero como siempre he sido un poco torpe con las mujeres y prefería no malograr esa complicidad de estudiar juntos y porque así yo repasaba repitiendo mis notas.

Cuando terminábamos las clases salíamos. La atracción fue mutua y nos hicimos novios. Mi futuro en Estados Unidos era incierto porque mi visa de estudiante vencería en cuanto culminase la carrera. "¿Qué vas a hacer cuando expire tu visa?", me preguntaba ella. "Regresarme a Lima no lo creo, quizás irme a España o Francia. No lo sé", respondía yo. Era cierto porque no me veía de regreso en Lima. Cuando acabase la carrera de Literatura supe que tendría que dejar Estados Unidos o pasar a la ilegalidad.

Para mi eventual fortuna fui aceptado en el programa de Maestría y empecé en la Facultad de Literatura Inglesa, pero después me transferí al programa de Literatura Española e Hispanoamericana. Casi todos mis profesores eran más jóvenes que yo. Me alentaban diciéndome que yo podría ser profesor al graduarme. "¡Pero si yo he sido profesor!", me veía gritando a veces, pero prefería mantener un perfil bajo. El programa que seguía era un máster que terminaría en un PhD en español y literatura.

Daniela se preocupaba por mí y decía que en esos seis años de estudios cómo iba a sobrevivir. Le dije que tenía algunos ahorros pues había vendido mi departamento en Lima y que unos paisanos me darían trabajos los fines de semana y cobraría en efectivo y sin contrato pues tenía permiso de trabajo limitado por horas ya que era estudiante.

Algunas veces hacía de interprete FreeLancer afuera en las oficinas de inmigración en Arlington. Ayudaba a personas latinas que no hablaban inglés y necesitaban un intérprete barato pues sus abogados les cobraban doscientos o trescientos dólares por un par de horas. Yo por cien dólares al día me daba por bien servido. A veces con suerte tenía un cliente o dos por mes.

Aunque Daniela celebraba mi ingenio para subsistir decía que estaba desperdiciándome y que no podía seguir así, que yo no merecía acabar de ilegal. Tendríamos ya unos ocho meses de salir juntos y ella ya había terminado su grado de bachiller y seguía trabajando de secretaria en una compañía contable. Le pagaban bien, pero tenía metas claras y altas.

Teníamos ya un año juntos cuando tocó el tema ese de ayudarme casándose conmigo para darme los papeles de residencia. La verdad, sí lo había pensado, pero nunca se lo dije porque tenía vergüenza que pensara que yo estaba con ella por interés. Me gustaba mucho. Era hermosa y pequeña como una bailarina habitando en una cajita musical de porcelana.

Entonces todo, como un rompecabezas, se fue armando así sin pensar y más por una mezcla de emoción, atracción, ganas de ayudarme, soledad, qué se yo: Daniela y yo nos comprometimos.

En Estados Unidos yo me hallaba solo y ella también. Sus padres habían venido en los 70 porque trabajaban para un organismo internacional. Ella era hija única y sus padres, ancianos retirados, se habían regresado a Uruguay, específicamente a Punta del Este.

Nuestro matrimonio tuvo lugar en la ciudad de Manassas (Virginia); fue una ceremonia austera y Daniela invitó a dos testigos con quienes fuimos luego a almorzar a un restaurante japonés en la avenida Suddley. Yo no tenía ningún pariente o amigo cercano así que mi único amigo y compañero fue un impecable traje azul que compré en Lima y que no había usado nunca desde mi llegada a Virginia.

La verdad tiene que decirse. Daniela corrió con los gastos de la boda y unos aros de matrimonio sencillos. Fuimos de vacaciones a Punta del Este y conocí a sus padres. ¡Qué ciudad tan espectacular es Punta del Este!

El atardecer en Punta, recuerdo parecía la paleta de un pintor, donde los matices morados, naranjas, amarillos y rojos combatían por sobresalir y cuando la noche caía, el cielo azul lo cubría todo mientras el ocaso de la tarde se encogía como un papel de seda que se arruga.

Paseábamos por las ramblas presidente Wilson, Mahatma Gandhi, Naciones Unidas, República del Perú y nadamos en la mejor playa de Punta del Este: Pocitos. Daniela me llevó a almorzar al bar San Rafael, el lugar que solía frecuentar el gran Benedetti.

Lo que más recuerdo de aquel viaje es el Palacio Salvo, un distintivo edificio de estilo *art decó*. ¿Por qué me acuerdo del edificio? Justamente porque en una novela de Benedetti, Martín Santomé (el protagonista de *La tregua*) menciona que le tiene cariño a «*ese monstruo folclórico que es el Palacio Salvo*».

En Montevideo cominos chivito uruguayo, plato típico que tiene filete de carne de lomo vacuno, lechuga, tomate, jamón, queso, panceta y huevo. Un sándwich delicioso y llenador que puede dejar tendido al glotón más pintado.

Paseamos por el Puerto. Justo al frente quedaba el Museo del Carnaval. Fuimos en el mes de febrero y por esa fecha se realizan Las llamadas. La fiesta popular más grande donde se baila el Candombe. Visitamos los barrios llamados popularmente "Negros", allí en el Sur de la ciudad y en Palermo. Al acabar la esclavitud en Uruguay, los ciudadanos de origen africano se asentaron allí. Por eso lo de "negros".

Cuando regresamos de Uruguay, nuestra luna de miel seguía. Obtuve mi permiso de trabajo y pude conseguir un trabajito en la universidad. Apenas diez a quince horas en el laboratorio de prácticas como tutor de español. Los fines de semana conseguí un trabajo de botones en un hotel cinco estrellas.

Daniela y yo vivimos de maravillas el primer año. El segundo yo ya tenía mi residencia permanente y ella consiguió un trabajo en el gobierno. Pasarían años hasta que nació nuestro Horace y avanzamos ambos en lo profesional, pues ella ascendió en el gobierno y yo me hice profesor adjunto en la universidad. Pero lejos de afirmarnos como pareja, pronto nos hallamos discutiendo por cualquier nimiedad como si estuviésemos en una competencia. Lo peor es que no sabíamos sobre qué era la competencia. Lo central era darnos la contra y así nos convertimos en dos profesionales con especialización en el arte de hacernos daño. El resto de la historia no es difícil de predecir, aunque quizás ya a estas alturas saben qué nos pasó.

## Sueños medievales y otros sueños

Anoche tuve un sueño o quizás estaba afiebrado y delirante por el vino y creí escuchar una voz o música medieval y una hechicera que me decía: "¿Sabes de dónde viene la palabra *Mirambel*? Del latín "miror", *admirar*, y del catalán "bell" *bella*: *Mirada Bella*. Todavía tienes una mirada bella —me advirtió la hechicera—: busca a alguien mientras puedas, busca el mar azul del mediterráneo". Entonces la hechicera desapareció y yo no estaba más en este cuerpo avejentado.

Estaba en un terreno árido, en un pueblo medieval. La masa decía que un rey al que le decían Alfonso II había recuperado la comarca. Yo era un zagal de apenas diez años, flaco, con ojos de avellana y cabellos negros y ensortijados. Tenía vestidos harapientos y la cara sucia pero una mirada templada que me permitía divisar cómo avanzaban, casi en el aire, los Caballeros Templarios; y estos sobre sus majestuosos caballos de penachos oscuros, tan largos que casi rozaban el suelo y las espuelas de los templarios: los Pobres Caballeros de la Orden de Cristo.

Los templarios salvaguardaban al pueblo de los moros, de los invasores, de los herejes, y en medios de todos, los templarios brillaban siempre con sus imponentes uniformes, escudos y una fulgurante cruz roja clavada en el pecho sobre un uniforme albo, albo como palomas blancas, como las nubes que reposan en el cielo celeste y cegador.

Los templarios habitaban en un Torreón Templario que tenía una torre de vigilancia para defender un castillo de las invasiones musulmanes que llegaban por el río Guadalope. Castellote fue una plaza fuerte de la orden templaria y en su castillo, al igual que en el de Cantavieja, los caballeros y los vecinos del pueblo resistieron más de lo que cabía esperar a los embates del Rey Jaime II. ¿Pero quién era este Rey Jaime II? ¿Por qué atacaba Cantavieja si no éramos enemigos?

Un día yo le ofrecí un cántaro de agua a un templario. Lo recibió y haciendo una venia con su cabeza me dijo: *"Pauperes commilitones Christi Templique Solomonici"*. Y como yo lo miré sobrecogido me dijo: *"¡Deus vult!"*, y me mostró su incorruptible espada que brillaba tanto que podía cegar a los impíos. Cuando crezca seré un templario, me dije. Eran cincuenta cruzados, creo, pero cabalgaban majestuosamente y parecían cien, doscientos o mil. Marchaban cantando *Pax in Nomine Domini*.

En el pueblo decían que el estado francés arremetía contra los templarios y los hacía confesar, bajo tortura, de idolatría, sodomía y prácticas blasfemas y que el Papa Clemente V fue quien ordenó a los príncipes cristianos el arresto de todos los miembros de la Orden del Temple. En principio, Jaime II, Rey de Aragón, se negó a las pretensiones de Felipe, monarca francés: "Han sido siempre fieles a nuestro servicio reprimiendo a los infieles." Pero después, el mismo Jaime II atacó a los templarios en la Corona de Aragón. La fortaleza de Cantavieja resistió el ataque de las huestes reales. En el año 1308 fueron cayendo Castellote, el castillo de Villel, la Alfambra, Miravet y Monzón.

E iba un escribano por orden del Juez de Teruel documentando, y así por generaciones, desde 1177, las crónicas de lo que allí acontecía. Tal como figura en las Crónicas de los Chudeces de Teruel ya en 1309 fue destruido *«el Temple et el Papa Juan XXII dio la sentencia en Viana et fizieron estrado et vestidos de duelo porque destruían tan alta orden et fueron vestidos de maregas; aquel año fueron sobre Villel et todos los otros lugares de los templeros destruidos et cercados»*.

No sé qué aconteció, pero en todo el Maestrazgo el Temple fue disuelto y como yo era mozuelo no sabía por qué. Pensaba que era culpa del Rey Jaime II o quizás el mismo *demoño* y entonces empezaron a decir que Mirambel pasaría ahora a la Orden de San Juan del Hospital gracias a la bula *Ad providam*, de Clemente V, porque se sabía que los Hospitalarios codiciaban lo que los Templarios tenían: poder, riquezas, las bulas papales: *Omne datum optimum*, de Inocencio II, *Milites Templi*, de Celestino II, *Militia Dei*, de Eugenio III.

La villa de Mirambel estaba rodeada por una muralla serpenteante e imperecedera como ninguna hay el mundo. Yo estaba furioso, no sé contra qué o quién, a veces pensaba que con el Rey Jaime II o con los tiranos franceses o conmigo mismo por ser harapiento y pobre, a veces con el mundo, a veces con Dios (después le pedía perdón), o con mis padres que un día se entreveraron y me trajeron a un mundo de hambre donde nos atacaban extranjeros y también de estos mismos reinos y sentía furia contra los que dañaron a los Templarios que nos defendieron de los enemigos.

A los templarios que crearon el concepto de lo que hoy llamamos bancos se les quitó todo: las bulas papales, sus castillos y se le acusó de herejía, de adorar al diablo, de dualistas, de escupir en la cruz de Cristo, de besarse entre hombres, de hacer pactos con Saladino (que al final fue compasivo con los cristianos cuando los derrotó), de considerar a los musulmanes, hermanos. Se les torturó y obligó a aceptar sus crímenes y fueron asesinados. Pero un Gran Maestre Templario llamado Jacques de Molay profetizó que el Papa Clemente moriría por ser injusto ante Dios. Y lo demás es ya historia porque en menos de un año, ese Papa murió. Desposeídas todas las bulas papales, la *Pastorales Praeminentiae* y *Vox in Excelsi*, de Clemente V, acabaron con los templarios y los sueños medievales de las cruzadas.

Cuando crecí me hice un cura hechicero y dije que era descendiente de un Maestre Templario y me llamé Francisco Montpesar y fui capellán del pueblo de Mirambel. Seduje a monjas y el pueblo envidioso y maledicente como todos los pueblos chicos e infiernos inmensamente grandes me acusó a la Santa Inquisición y tuve que confesar mis pecados. Fui castigado, vejado y recluido en un convento.

¿Me castigan por hacer que una mujer llegue al éxtasis carnal? ¿Y el éxtasis espiritual de la fe no se siente también en la carne? Luego un sacerdote me exigió que manifieste mi *abrenuntio* al *Diabolus*, pero yo no quise pedir perdón porque solamente se le pide perdón al mismo *Deus*; el sacerdote dijo *Adorote devote latens deitas* y advierte que lo que yo hacía lo veía el altísimo: *Cave, cave, Deus videt*.

Me preguntaron si cometí faltas y más aún injusticias. *Crux Sancta Sit Miho Lux.* Y yo callado. Y era por *Mea culpa* que yo estaba sufriendo. *Attende domine, et miserere quia peccavimus tibi.* Y yo callado.

Debía recurrir al altísimo: *Adjuctorium nostrum in nomini domini qui fecit caellum et terram*. Y yo callado. Debía arrepentirme y aceptar el *Corpus autem Christi*. Y yo callado. Y que por la culpa de Adán y Eva yo sufría lo que sufría. *Eritis sicut dii*. Y yo callado. Y como yo no confesé nada entonces vino otro sacerdote de ojos azules furiosos y salvajes como el más turbulento océano y pensé que me iba a echar a la hoguera allí mismo o arrebatarme el alma. Y que si no me arrepentía entonces me daría la *Ferendae sententiae*. Pensaba que esos ojos azules del sacerdote eran del mismísimo *demoño*, del *Diabolus* y a la sazón me arrodillé clamando *Gloria Patri, et Filio et spiritui sancto. Gloria in excelsis deo* y me puse a llorar y me dijeron que me había salvado de la hoguera gracias a la misericordia del *Domine*, pero me estaban arrastrando de ambos brazos al encierro mientras el sacerdote sonreía fieramente con sus ojos azules cobalto que amenazaban salirse de sus cavidades.

Escuché que golpeaban una puerta y el sonido tronó en mis oídos recordándome el ruido de un mueble pesado que acaba de caerse ante los ojos atónitos de sus improvisados cargadores. Entonces abrí mis ojos y estaba en mi cama, en la posada. La voz de Julio me alertó que alguien me buscaba.

Aún mareado pensé que había tenido un sueño extraordinario y podría escribirlo a manera de relato, pero después me dije, carajo, ya he leído esto antes en algún libro de historia medieval, en algún folleto, o de repente también en el fragmento de una novela. Sí quizás era *La venta de Mirambel* de Pío Baroja y quizás mezclada con las curiosidades y latinajos que a veces "leo" en Wikipedia y en libros de templarios.

# Correos

## Correo uno

*Cusco, 12 de marzo de 2002*

*Estimados señores,*
*Espero que este mensaje llegue bien a todos ustedes (vosotros).*
*Disculpen que no me identifique por completo, aunque le diré que soy el hermano mayor de la familia Linares. Una familia cusqueña de tradición y abolengo.*

*El motivo de la presente, estimados señores, es indagar por el árbol genealógico de mi familia.*

*Mi hermano vive en los Estados Unidos e iba a viajar a España porque quiere averiguar sobre el apellido Linares que es un poco más conocido en España. Sin embargo, yo quisiera averiguar sobre el apellido Usandivaras que es el de una famosa escritora pariente nuestra. Me refiero a la egregia Clorinda Matto de Turner. Antes de casarse era Matto Usandivaras.*

*Este apellido me suena vasco a mí. Es largo, poco común y además una vez un cura español (de Navarra, creo) cuando nos visitó en Cusco me dijo que varios apellidos vascos empezaban con la letra "u". Por ejemplo: Ugarriza, Ugarte, Unanue. Eso me lo dijeron hace veinte años. No sé si estaré en lo correcto.*

*Apreciaré cualquier ayuda. Les doy la dirección de una prima mía ya que estoy en una clínica de reposo por unos días.*

*Atentamente,*

*Su seguro servidor*

*Yx Linares*

# Respuesta al correo uno

*País Vasco, 15 de marzo de 2002*

*Estimado señor Yx Linares,*

*Usandivaras podría sonar a vasco, por su parecido con Usandizaga. Podría ser una corrupción de este, ocurre mucho en América con algunos apellidos vascos (y a veces en el propio País Vasco y en España cuando funcionarios que desconocen el euskera transcriben algunos apellidos), aunque desconozco si es el caso. No conocía el apellido. En un vistazo rápido en Google, aparecen varios Usandivaras en diversos países de América, particularmente en Argentina y Perú.*

*Un cordial saludo,*

*Joseba Etxarri*
*www.euskalkultura.com*

# Correo dos

*Estimados señores,*

*Espero que este mensaje llegue bien a todos ustedes (vosotros).*

*Disculpen que no me identifique por completo, aunque les diré que soy el hermano mayor de la familia Linares. Una familia peruana (cusqueña para ser más exactos) de tradición y abolengo.*

*El motivo de la presente, estimados señores, es indagar por el árbol genealógico de mi familia.*

*Mi hermano vive por los Estados Unidos e iba a viajar a España y quiere averiguar sobre el apellido Linares que es un poco más conocido en España que en Perú. Sin embargo, yo quisiera averiguar sobre el apellido Usandivaras que es el de una famosa escritora pariente nuestra. Me refiero a la egregia Clorinda Matto de Turner. Ante de casarse, la autora cusqueña se apellidaba Matto Usandivaras. Este apellido me suena vasco a mí. Es largo, poco común y además una vez un cura español (de Navarra, creo) cuando nos visitó en Cusco me dijo que varios apellidos vascos empezaban con la letra "u". Por ejemplo: Ugarriza, Ugarte, Unanue. Eso me lo dijeron hace más de cuarenta años. No sé si estaré en lo correcto.*

*Tengo ahora mis dudas porque escribió un señor de una organización del País Vasco y no está seguro de si mi apellido es vasco o no. Apreciaré cualquier ayuda. Les doy la dirección de una prima mía ya que estoy en clínica de reposo por unos días.*

*Su seguro servidor*

*Yx Linares*

# Respuesta al correo dos

*Buenos días,*

*Efectivamente se trata de un apellido 100% vasco, concretamente de la localidad labortana de Itsasu (oficial Itxassou) en el país vascofrancés. La forma original es Otsandabaratze y así se documenta en 1500 el caserío (en el País Vasco el caserío es una vivienda unifamiliar que tiene nombre propio que da lugar a los apellidos). Como el euskera no ha sido idioma oficial de las administraciones, el apellido se ha deformado y existe como: Oxandabaratz, Orsandabarts, Usandabaraz, Usandebarez, Doxandabartz (con la D' francesa incluido en el apellido), Usandabaras...*

*El significado es 'Huerta de Otsanda'. Otsanda es un nombre femenino bastante común en la Edad Media, equivalente femenino de Otsando, forma eusquérica de Lope, y baratze 'huerta'.*

*Los apellidos vascos son muy abundantes, pero cada uno tiene pocos descendientes por lo que muchos están en peligro de extinción.*

*Sin más, un saludo.*

*Iñigo Necochea,*
*Servicio de onomástica*

## El primer encuentro con Iñaki

Entonces me levanté de la cama y don Julio volvió a decirme que alguien me buscaba y ensayé una risa nerviosa. ¿Alguien buscándome en Cantavieja? ¿El ánima bendita de mi abuelo? ¿Una admiradora secreta? ¿La señora Eva del ayuntamiento me invitaba a un día de picnic al Mediterráneo?

Abrí la puerta y vi un hombre como de mi edad, pero fuerte, de facciones y mandíbula duras. Me dio la mano y sentí sus manos callosas raspar mis manos suaves y citadinas que desde los dieciocho no han hecho nada más que ojear libros, repasar revistas, agarrarme del pasamanos del bus y del volante de mi auto.

—Soy Iñaki Linares. Me dicen en el pueblo que me está buscando.

—Discúlpeme por importunarle.

—¿De qué se disculpa?

Me sentí estúpido pues recordé "mi" costumbre americana, disculparme por todo: para pasar, para pedir la palabra e incluso cuando no rozo a alguien en una tienda, pero casi la he rozado. En Estados Unidos, si tu hijo de tres años eructa luego de tomar la leche o si dice quiero hacer caca tienes que disculparte mientras todos dicen: *It's all right*.

—Me llamo Horacio Linares, soy peruano, de raíces españolas y vivo en Estados Unidos…

—Qué liado debe ser eso.

—Sí, lo es —dije y sonreí—, sin embargo, estoy aquí justamente por eso. Mi padre nació en 1905 aproximadamente y estoy buscando a su familia. Bueno, a mi familia.

—¿Cómo se llamaba su padre?

—Agustín Linares y mi abuelo se llamó Emiliano Linares.

—Hmmmm.

—¿Le suena algo?

—La verdad, algo, pero no estoy seguro. Mi padre creo alguna vez dijo que un pariente se fue a las Américas. No sé si a Argentina, Chile o Perú. La verdad la cabeza ya me falla. ¿Cómo dijo que se llama su padre?

—Se llamaba Agustín, ¿y el suyo…? ¿Su padre vive?

—Mi padre está muerto. Se fue el 70 o el 71, creo. Se llamaba Iñaki como yo.

—No sabe cuánto lo lamento.

—¿Qué?

—Lo de su padre. Gracias por ayudarme.

—Podría preguntarle a mi hermano. Está muy viejo, pero tiene buena memoria. Vive en Mirambel también cerca de mi casa.

—¿Podemos ir a verle?

—Hoy no.

—¿Y mañana?

—Mañana, sí.

Nos despedimos y dediqué el resto del día a hacer apuntes, notas, tomar café y recordar el "sueño medieval" que tuve y quería reírme, pero a veces pensaba que lloraría, porque todo, la vida de los libros y la realidad se parecían: viajes ridículos por el mundo para encontrar "la verdad", como en *Así habló Zaratrusta* o para simplemente ver sirenas como en *La Odisea* y "descubrir el mundo".

¿Y mi viaje qué pretendía? ¿Buscar una verdad? ¿Qué es la verdad realmente cuando descubre que esa verdad no es más que una vil mentira? ¿Qué es una mentira sino algo tan cierto como una obra de ficción?

¿Le importaría un cuerno la verdad a mi hermano mayor, ingeniero retirado y Past President del colegio de ingenieros y al que le gustaba viajar a ciudades como París o New York para apreciar los museos y también la buena comida? Imaginé que luego de mi viaje, y tras descubrir alguna verdad, por más pusilánime que esta fuera, mi hermano diría: "Hermano, hay que vernos más seguido". O quizás diría: "Sabes, ¿por qué no volvemos a San Jerónimo un treinta de septiembre para ver la fiesta patronal?"

Quizá podría llamar a mi hermana que vive en Arequipa con quien no hablo desde hace dos años. Quizás podríamos hablar del divino sepelio de mi madre en los lejanos 80 y los hermosos adornos florales de aquella tarde. El sepelio de mi madre es ya un recuerdo que a veces parece desvanecerse como limpias el vidrio de un aparador. Quizás se reiría si la sordera le permitiese escuchar que estoy en España buscando nuestras raíces. La imagino a mi hermana reprochándome: "Te dije que fueras a Chipre".

# Correo de la hermana de Horacio

*Cusco, 6 de agosto de 2002*

*Querido Horacio:*

*Espero que te encuentres bien al recibir esta carta. Han pasado varios años desde que te fuiste a Estados Unidos y apenas nos hemos escrito unas cuantas cartas. Al menos me consuela saber que hablamos por teléfono de cuando en vez.*

*Yo sé que tú también estás afectado por la distancia, por nuestra distancia familiar como me dijiste en tu carta. Sé que, aunque tratas de entender, te cuesta aceptar por qué te llevaron a Lima de muchacho. Fue igual con nuestro hermano mayor y él decidió volver a Cusco. Bueno, luego se mudó a Arequipa y regresó a Cusco.*

*En el caso tuyo, emigraste a Estados Unidos y no te fue mal. Estudiaste allá. Formaste una familia y tienes un hijo precioso. Le das mis saludos afectuosos y ojalá vengan un día a visitarnos. Sé que debes estar dolido por el divorcio con Daniela. Qué bella mujer. Pero, y sé que me darás la razón, aunque eres un cabezota y un terco, tu mal genio estropeó la relación entre ustedes. No te lo digo para hacerte sentir mal, sino para aceptes que todos cometemos errores.*

*Yo cometí errores también. Pero uno tiene que aprender a vivir con ellos.*

*Cuando tenía veintiuno, debes recordar que tenía dos pretendientes: Carlos Chamorro y Luciano Paliza. Carlos tenía veintitrés y estaba yendo a estudiar a la San Antonio de Abad para ser profesor. Era de muy pocos* recursos, pero como dicen aquí de buena familia, aunque algo venida a menos. Era un caballero y nuestros padres lo pasaban porque era un chico muy correcto, pero no lo tragaban del todo. Siempre me torturaban preguntándome: ¿Cómo te va a mantener? ¿Con un sueldito de profesor?

A mí no me importaba, pero luego cuando cumplí veintidós me empecé a preguntar si tenían razón. En esa época las mujeres nos casábamos rápido. Una mujer de veinticinco y soltera ya empezaba a oler a solterona. Me entraba la duda y me preguntaba si nuestros padres tenían razón.

Allí conocí a Luciano. Ya casi graduado de economista y con trabajo. Era primo de una amiga. Me llevaba siete años. Solo éramos amigos. Aunque siempre me pedía una oportunidad y yo le decía que no porque tenía enamorado. Luciano insistió y le volví a decir que no.

Se hizo amigo de nuestros padres y visitaba la casa como amigos. Entonces tenía que bajar a la sala a conversar con él casi obligada por nuestros padres.

Pusieron tanta presión: es un buen pretendiente, tendrás un buen futuro, sé que Carlos es un buen chico, pero no tiene nada que ofrecerte ahora. ¿Qué vas a hacer de aquí a cinco años si Carlos no puede pedirte en matrimonio?

Estaba confundida. Yo lo quería mucho. Tenía planes con Carlos. Soñábamos, pero solo eso hacíamos. En esas épocas una mujer no se entregaba a un hombre hasta no estar casada. Para una mujer, hacer el amor antes del matrimonio era un pecado. Para un hombre había varias opciones. Convencer a tu enamorada de que te dé "la prueba de amor" o ir al "barrio malo" de San Sebastián donde estaban las prostitutas.

Carlos jamás hubiera ido a un lugar así. Me lo dijo. Carlos y yo un día de lluvia nos fuimos muy arriba de la iglesia por las chacras. Nos besamos, pero con una pasión inusual. Y bueno, una cosa llevo a la otra y pasó lo que tuvo que pasar. Me entregué a él esa vez y volvió a ocurrir. La planificación familiar en esas épocas creo que ni existía. Solo uno intentaba seguir los consejos de las amigas: "puedes hacerlo siete días antes de tu periodo y siete días después". Pero yo no sabía a ciencia cierta cuándo vendría mi periodo. Carlos intentó usar preservativos algunas veces, pero hubo momentos en los que no lo hizo.

Bueno, lo inevitable vino y salí embarazada. Ese fue el viaje a Lima que nuestros padres hicieron conmigo. Fue para arreglar la deshonra pues cuando fueron a ver a los padres de Carlos se armó una pelea. Según sus padres, Carlos firmaría el hijo, pero no podría casarse hasta terminar la carrera. Y entonces papá casi se va a las manos. ¿Qué michica va a hacer mi hija con la barriga a cuestas sin estar casada viviendo en nuestra casa? ¿Sabe la vergüenza que pasaremos en el pueblo?

Entonces comenzó la desgracia. Carlos empezó a gritar: "padre, usted no me va a prohibir que yo me porte como un hombre". El padre de Carlos le metió un bofetón a su hijo y le dijo: "usted se calla o lo echo a la calle como un perro y se queda sin estudiar". "¿Y mi hija?", volvió a preguntar papá y el señor Chamorro enfurecido dijo que si yo hubiera sabido respetarme esto no habría ocurrido y papá no esperó un segundo y le metió un puñete al señor Chamorro. La señora Chamorro salió a la calle gritando y tuvieron que venir los vecinos para separar. Papá lanzó una amenaza: "Su hijo pincho loco" (qué vergüenza repetir eso) no volverá a ver a mi hija jamás. Sobre mi cadáver".

Vaya que nuestro padre cumplió. Me prohibieron salir hasta que viajamos a Lima. Del viaje a Lima prefiero no recordar ni dar detalles, pero al evocar esos días no puedo evitar pensar ¿qué hubiera pasado si no hubiera hecho el viaje? ¿Qué hubiera pasado si Carlos y yo nos hubiéramos escapado como me dijo en una carta que me hizo llegar con su prima? "Es nuestra única salida", decía él y yo por miedo a mi padre le escribí y le dije: "Lo siento, pero ya no quiero más sufrimiento para mis padres".

¿Cómo hubiera sido mi hijo? ¿O hubiera sido una hija? ¿Y cómo hubieran sido sus cejas, sus ojos, su sonrisa, sus pasos, su voz, su aliento, su llanto, su risa, el latido de su corazoncito por las noches, sus ronquidos al enfermarse? ¿Cómo lo hubiera arrollado contra mi pecho mientras la amamantaba? ¿Cómo hubiera sido su primer cumpleaños y su primer día de escuela? ¿Cómo sería hoy? ¿Qué habría estudiado?

Eso nunca lo podré saber. Nunca.

Entonces apareció Luciano como un amigo. Mi padre habló de hombre a hombre con él para contarle lo que había pasado. Luciano juró por Dios y por su madre que jamás usaría eso para menospreciarme. Y lo digo jurando por la Biblia. Jamás me lo reprochó. Luciano siempre ha sido un santo.

No voy a negarlo. Luciano se portó como un hombre paciente y un buen amigo. Me escuchaba.

*Fuimos amigos hasta cuatro meses después del viaje a Lima. Fue por esa época en que me robó el primer beso o creo que yo se lo di a él. Sentía gratitud hacia él, pero también era un hombre guapo y me hizo sentir segura.*

*Así empezó nuestra relación. Un año después nos casamos y ya a los dos años formamos una familia. Con el paso de los años llegamos a ser una familia con cuatro hijos.*

*No niego que he sido muy feliz por momentos y que Luciano, mi esposo, es un gran hombre.*

*Pero a veces cuando lo veo dormido aparece dibujado el rostro de Carlos que intenta pedirme perdón.*

*Cinco años después de casada, la prima de Carlos quiso darme una carta. Me dijo que solo era una carta de despedida en la que Carlos me pedía disculpas. Le dije que no la recibiría porque yo no tenía nada que perdonarle, porque escarbar el pasado solo abre heridas y hoyos en el alma que deben permanecer cerrados*

*¿A razón de qué te cuento esto? He aquí lo que quiero decirte. Buscar culpables no ayuda a cerrar heridas sino a avivar algo que socava tu mente.*

*Podría seguir viviendo en el pasado, pero intento vivir la vida que tengo hoy décadas después. Cada vez que veo un niño en brazo o veo a una pareja joven tomada de la mano, siento nostalgia. No lo niego, pero pienso también en lo que tengo y en la felicidad que a veces sentimos. Porque la felicidad es solo eso: momentos como estrellas fugaces.*

*Espero que me puedas escribir pronto.*

*Te ama,*

*Tu hermana Xx Linares.*

## Mirambel, un encuentro extraño

Iñaki y yo fuimos a las 8:00 a la casa de su hermano en mi todoterreno; el camino era el mismo que ya habíamos hecho con el guía por la ruta A226. El mismo camino que seguro recorrió Baroja o un camino de trocha por el que quizás cabalgaron los templarios. El mismo camino por el que volverán a caminar muchos Linares, Monserrats, Garcías, Godoys y quizás algún turista despistado como yo.

Miraba a Iñaki de costado tratando de encontrar un parecido, pero éramos diferentes. Él era blanco y no muy alto; yo soy alto, aunque algo encorvado y tengo piel canela, algo cobriza. Él tenía cejas pobladas en abundancia y las mías eran ralas. Su cabello entrecano era muy lacio y el mío ensortijado. Su rostro era delgado y con la nariz algo prominente. Mi nariz era recta y mi cara ligeramente ovalada como la de mi madre.

Cuando llegamos a la casa de su hermano, Iñaki tocó sin mucho ánimo. Al rato salió su hermano mayor.

—Joder, Iñaki, ¿Qué haces por aquí temprano?

—Vengo con este señor que es americano; bueno, nacido en Perú.

—Ya veo, porque muy americano no se veía…

—Sí, soy peruano —dije a secas.

—Dice que su padre nació aquí —dijo Iñaki.

—Ah.

—Se llamaba Agustín —acoté.

Hubo un silencio que casi vibró en mi oído, pero mi interlocutor no dijo nada.

—¿Recuerda usted algo?

De nuevo el silencio enrareció la habitación, algo se sentía en el aire, algo denso, un aire pesado que nos amodorraba.

—Mi padre mencionó alguna vez que un hermano suyo se fue a las Américas con sus padres. No recuerdo bien.

—Emiliano Linares y Consuelo Azaldegui L. Ellos fueron mis abuelos.

—La verdad no sabría decirle con exactitud. Al menos el primer nombre, creo que me recuerda. Una vez mi padre me dijo…

—¿Tendrá foto de la familia? —lo corté producto de mi ansiedad.

—Tengo una foto donde salen los padres de mi padre. Dicen que antes venía a veces algún fotógrafo de Madrid o de Barcelona y algunas familias del pueblo aprovechaban para tomarse fotos y retratos. La puedo buscar si quiere. Está en mal estado: tiene más de cuarenta años. Un tío mío una vez fue a Barcelona y le sacó copias. Creo que una vez mi padre de joven la cortó con *estijeras*.

Dicho esto, el hermano de Iñaki se metió en una habitación. Iñaki y yo no conversamos ni una palabra. Yo movía los zapatos e Iñaki como si mirase el sol por el horizonte, pero no había sol que mirar porque la ventana pequeña apenas mostraba la luz del día. Al rato regresó el hermano de Iñaki y me alcanzó la foto con desgano, como quien alcanza cualquier papel o una servilleta ajada.

—Gracias… señor Linares

—Me llamo Santi.

Entonces vi la foto y sentí que mis rodillas me traicionaban: las caras eran lozanas, pero creo que eran las de mis abuelos. Sentía mi corazón salirse del pecho, aunque siempre tenía algo de duda.

—¿Por qué están los chicos con la cabeza rapada?

—No vaya a pensar que éramos budistas. Por *las llendres* que picaban mucho la cabeza. Este es mi padre, que tenía siete u ocho años. Y este chaval que tiene en la cara "un beso de diablo" es su único hermano. El único hermano a quien nunca más vio al igual que a sus padres. Los abuelos de usted, supongo. Aunque ¿cómo saber si son las mismas personas?

De pronto sentí que el techo de la casa crujía, que la casa entera se iba a caer y quedar en escombros. Ese niño que tenía el "beso de diablo" tenía en realidad una cicatriz justo en el mismo lado que mi padre. En la mejilla izquierda. ¿Ese niño era mi padre?

—Pero, y a su padre, ¿quién lo cuidó? —pregunté casi avergonzado o con culpa.

—A mi padre, Iñaki, lo criaron unos tíos que estuvieron buscándose la vida por toda España huyendo, como muchos, de tanta pobreza. Del País Vasco a Jaén y de Jaén a Cantavieja. Ir a América en barco era casi un lujo y tenían un hijo pequeño. Mi padre era el mayor y pensaron que era más fuerte y podría quedarse con unos parientes. Dijeron que luego volverían a por él.

—Este de la foto, el de la cicatriz, estoy casi seguro de que es mi padre.

—Mi papá contó alguna vez que en el pueblo le decían "beso de diablo". Creo que le mordió un perro de chico.

—¡Mi padre me dijo eso! ¡Que un perro le había mordido en la cara!

—El tiempo hace olvidar todo. Sus abuelos se olvidaron de mi padre. Siempre se aferró a sus recuerdos, pero se le fueron olvidando, solo le quedó la foto. Solo recordaba los brazos fuertes de su padre y la cara rosada de su madre. Y nada más.

—Estoy confundido. Mi padre dijo que creía tener un hermano llamado Ignacio no *Iñaki*.

—Joder, Ignacio o *Iñaki* es lo mismo. Iñaki es Ignacio es euskera.

—Yo le dije aquí a su hermano Iñaki que mi padre tuvo un hermano llamado Ignacio…

—Iñaki siempre ha sido un burro. A veces ni con buena leña puede encender una *llamarada* en invierno.

—¿Sabe por qué se fue su familia a América?

—Por el hambre. El invierno es tan helado aquí que la gente puede *gemecar* de frío como *gemecar* de miedo cuando ve *zantasmas*. Tanta hambre había que la gente guardaba panes duros y con un cuchillo raspaban la parte que tenía hongos. El abuelo era ateo y en el pueblo no le querían por eso. Mi padre decía que nació en Jaén, pero su familia era del País Vasco.

—Algo supe sobre Jaén. ¿Nunca intentaron mandar carta a América?

—De eso no sé. Mi padre era un hombre rudo, un leñador con brazos fuertes como *estenazas*. Mi padre no sabía escribir y era ateo… Ya después con el hambre, con Primo de Rivera, con el Franquismo, no había tiempo de pensar en nada que no sea sobrevivir, en tener un duro para poder comer.

—Ya veo. Mi abuelo fue leñador igual que mi padre.

—Hay otra cosa que usted debe saber… una vez mi padre me dijo que *nuestro* apellido no es, no era Linares. El padre de mi padre, ¿su abuelo? Era bastardo y por eso le pusieron el apellido de su madre: Linares.

Me quedé mudo. Nuestro abuelo fue hijo ilegitimo y analfabeto. Nuestro abuelo fue muy pobre y quizás apenas tuvo un mendrugo que comer y fue el Ángel del Hambre quién lo arrastró a América y no ninguna maldición familiar ni una excomunión. Recordé asimismo que mi padre tampoco sabía leer o aprendió a leer recién de adulto, pero escribía con errores ortográficos. ¿Sería por eso por lo que casi nos forzó a mis hermanos y a mí a emigrar a la ciudad para estudiar?

—Pero bueno, y si somos familia, digo, si somos Linares, ¿ahora qué hacemos?

—Nada. Seamos familia o no, la vida no cambia en nada. Además, hay otra cosa que debe saber de su abuela, si es la misma persona. Mi padre me dijo que su padre se casó con una prima-hermana.

—Pero eso no tiene sentido. El abuelo era Emiliano Linares y la abuela era Azaldegui. Consuelo Azaldegui L. ¿L?

—¿Azaldegui Linares tal vez? ¡Quién sabe! Mi padre me contó que una vez escuchó a sus padres hablando en secreto. La madre de mi padre lloraba diciendo que eran unos pecadores, en el pueblo decían con voz baja que la madre de Emiliano Linares y la madre de su esposa eran hermanas… Ahora que lo pienso, no recuerdo el nombre Consuelo. Esto me lo contó mi padre cincuenta años o más. El nombre era Graciela. La verdad…

—¿…Chelo? —pregunté. Apenas pude decir el nombre.

—Creo que sí. Chelo. ¡Sí! —dijo Santi.

Al escuchar el nombre de mi abuela sentí un aire helado en las sienes como si me frotaran con la cabeza hielo.

¡Un abuelo bastardo e iletrado casado con su prima-hermana! Imagino que en esa época debió de ser un escándalo. ¿Qué cara pondría mi familia en Cusco si supieran lo que yo sabía? ¿Sería por eso por lo que la abuela fue una cancerbera y siempre separó a los primos y las primas de los juegos? ¡Los hombrecitos se sientan de un lado de la mesa y las mujercitas del otro!

Yo estaba convencido que el de la foto era mi padre y esa pareja joven mis abuelos. Y aunque sentía emoción, al ver la parquedad nada agresiva, más bien la indiferencia hermética de mis *primos*, supe que yo no tenía nada más que hacer allí. Supe que encontrar a tu familia después de cincuenta años es como tener comida en abundancia cuando eres adulto y que la necesitabas cuando eras niño y las tripas te sonaban.

Recordé a un amigo americano de origen irlandés que viajó a Dublín para ver la casa de sus abuelos y allí encontró a un supuesto primo. El amigo mío le pidió al irlandés si podía ver la casa por dentro y el tipo le dijo que mejor no pues estaba desordenada. Entonces mi amigo le dijo si podían verse más tarde para cenar o conocerse y su "primo" le dijo que se iba, qué casualidad, justo esa tarde fuera de la ciudad y por varios días. Mi amigo no volvió a buscarlo y nunca regresó a Irlanda. Recuerdo que una vez le dije a mi amigo americano-irlandés que yo quería descubrir mi pasado, la genealogía de mi familia y él me respondió a secas: "Mejor en vez de hurgar en tu pasado, céntrate en el hoy o el mañana. El pasado ya no existe o es apenas un recuerdo y tampoco vale mucho".

Antes de irme les obsequié unas camisetas a mis "primos". Una decía: *Virginia is for lovers*; y la otra: *Washington Redskins*. Eran camisetas que traje por si me quedaba más días. No tenía ni idea que las terminaría obsequiando.

Hemos regresado Iñaki y yo en mi auto a Cantavieja porque él tenía que hacer un trámite en el ayuntamiento. No hablamos ni una sola palabra. Normalmente suelo ser conversador y a veces decir alguna broma. Pero no tenía repertorio. Pensaba en cómo la había pasado su padre, solo o criándose con otros parientes. ¿Por qué los abuelos nunca volvieron a España? ¿Por qué no trajeron al tío Iñaki a América? ¿Por qué nunca regresaron? ¿Por temor a Primo de Rivera o

Franco o por la vergüenza de haber dejado a un hijo abandonado en medio de tanto dolor?

Siempre he escuchado decir que la gente de la sierra son personas frías como sus montañas nevadas y que son infranqueables como ríos caudalosos. Esa tarde camino a "casa" mi conversación con Iñaki y Santi sobre mis abuelos confirmaron lo que se dice de nosotros las personas de la sierra.

Luego de dejar a Iñaki y ya en casa pensaba en la muralla de Mirambel que sirvió como cárcel hasta 1950 y antes como protección para las avanzadas musulmanas. Y yo imaginaba que una muralla un día puede resguardarte y otro ser tu cárcel. Un secreto de familia como el que sé: la actitud extraña de mis abuelos es también una suerte de cárcel para mí, porque me ha revelado algo que nunca llegaré a decirle a mis hermanos o familia.

No he descubierto nada grandioso ni digno sobre mis abuelos, solo la actitud indolente hacía su hijo mayor. Luego reparé que mi padre nunca fue muy afectuoso y ahora entiendo por qué. No puedes dar aquello que no has aprendido a recibir de pequeño. Me vino a la mente *El Árbol de la Ciencia,* de Baroja, y la actitud pesimista de Andrés Hurtado. Me acordé, no sé por qué, de *Abel Sánchez,* de Unamuno y esa lucha antagónica entre Abel Sánchez y su amigo Joaquín. Me fascina esa analogía acerca de Caín y Abel, analogía que se repite en las historias bíblicas: Caín mató a Abel, su hermano, por celos. Ismael odió a su hermano Isaac. Esaú odió a su hermano Jacob, etc. ¿Venimos a este mundo a odiarnos de manera fratricida?

Mis abuelos abandonaron, sí, abandonaron al tío Iñaki, el único hermano de mi padre, mi abuelo era un hijo no reconocido y nuestra historia familiar una farsa. Entendí que quizás lo mejor era el silencio y dejar a las tías ya ancianas y las hijas de aquellas que sigan hablando de nuestro abolengo, ignorando nuestra indolencia y que, aquí en Europa, éramos candidatos ineludibles a morir de hambre. Pensé también en Dios, más que nunca. No con fe sino con desesperanza porque mi abuelo hasta donde yo sé había sido ateo. Mi padre también lo fue y yo tampoco nunca fui creyente. Pensaba en Unamuno que, con toda su inteligencia, no creyó, aunque quiso creer. El pobre fue tan escéptico y estuvo perdido como su personaje, el sacerdote de

*San Manuel Bueno, mártir*, que parece ser el alter ego del autor vasco. Unamuno, aquel hombre a quien le fue confiada la cátedra de griego de la Universidad de Salamanca, aun sin saber griego, sabiendo que era el único que lo podía aprender. Quizás con toda su inteligencia Unamuno sabía que era una tontería aceptar como un borrego el creer en Dios sin cuestionarse, algo tan dogmático como decir a rajatabla: "Dios no existe". Si Unamuno no podía creer ni demostrar la existencia de Dios, ¿qué nos esperaba a nosotros los hombres comunes y de a pie?

Demostrar la existencia de Dios no es fácil o es quizás imposible. A muchos le suena a cuento cuando les dicen: qué más pruebas que las montañas y los hermosos ríos, los valles, las quebradas, los animales, el universo, y el hombre sobre todo por un ser un sujeto inteligente. ¿Inteligente? ¿Por qué se matan unos a otros por motivos religiosos? Los ateos responden a los creyentes: qué más prueba que las guerras. ¿Por qué Dios no detiene las guerras? ¿Por qué permite tantas injusticias? Además, aquí tengo un librito resumido de Darwin para contrarrestar tu libro que llamas Biblia. ¿Quién tiene la razón? ¿Puede acaso un sacerdote dar pruebas científicas de la existencia de Dios? ¿Puede un científico mostrar con un experimento que Dios no existe? Me refiero a crear una mosca de la nada o una montaña y no a mostrar formulas y teorías (solo eso, teorías) que nadie entiende.

De niño solía ojear el periódico y a veces buscaba proverbios sobre Dios. Yo quería creer, pero la Biblia muchas veces no me daba las respuestas; un día encontré una frase, autoría de Heráclito de Éfeso (filósofo griego) que me causó una tristeza crónica: «*Dios es día y noche, invierno y verano, guerra y paz, abundancia y hambre*».

¿Así era el único Dios que para mí podía existir (si existía)? Un Dios por donde pasaban por igual el amor, la paz, la guerra, la abundancia, el hambre, un Dios castigador, cruel e indolente que, como gerente capitalista, mandaba a un empleado (a un ángel) para que a su vez este le ordenase al subordinado Abraham a que mate a su único hijo.

Se me vino a la mente Nietzsche y esa frase más brutal aún: «¡Será posible! ¡Este viejo santo en su bosque no ha oído todavía nada de que Dios ha muerto!». Y ya con el paso del tiempo, cuando Nietzsche murió, alguien puso en un muro de Europa: «*Nietzsche ha muerto, Dios*».

Es probable que, en la mente de Iñaki y Santi, sin hablarse hayan pensado: ¿Y qué hace este hombre en la parte aragonesa de España? ¿No se habrá enterado que sus parientes han muerto?

A veces me imagino rebelándome como Augusto Pérez en *Niebla* ante don Miguel de Unamuno, pero soy un hombre sin fe y que me someto a ser un ser de ficción sin voluntad. Tan derrotado y guardando un secreto como *San Manuel Bueno, mártir*. Guardando el secreto o la confirmación que a lo mejor Dios no existe.

A veces imagino que quizás hubiese sido mejor ser ignorante de todo, del mundo y del Árbol de la ciencia, del bien y del mal, no saber nada de la familia y haberme ido a una playa nudista de España a mostrar mi cuerpo largo y ya flácido que probablemente nadie, nadie nunca observará.

# Lima

Lima, la ciudad donde todos llegan: desde el norte o el sur, el centro, las serranías, o la selva tupida. Llegan de todos lados: hablando quechua o aymara, hablando español con una cadencia distinta. A veces vienen desde altamar hablando chino, japonés o italiano. Siempre vienen desde lejos hablando en lenguas. Lima, la ciudad adonde llegó Pizarro y en donde murió. La ciudad tres veces coronada en la que se dieron muerte Pizarristas y Almagristas, todos hombres de fe, pues vinieron con la venia de la Santa Iglesia Católica.

Lima los encerró, los adoptó y como una madre les dio hijos a todos. Los hijos de aquellos —ya limeños, ya peruanos— reclamaban a veces y sin saber por ni para qué algún pasado lejano y otros intentaron olvidarlo como un libro que se deja sin querer en el asiento roto de un bus.

Lima no es un monstruo de mil cabezas como decía el escritor Congrains Martín. Lima es como pelearse con un cañón descontrolado, tal vez como un cuento de Zola en el que un cañón se ha desprendido de su base y, en altamar empujado por el viento y arengado por el oleaje, gira destrozando cuerpos; y cuando el pesado cañón de metal golpea como un bate de béisbol gigante tritura todo lo que ve a su paso. Lima no es un monstruo de mil cabezas, es un gigante, un cíclope decapitado que con pasos torpes avanza pisando a su paso todo lo que no puede ver: hombres, niños, casas... En la huida, la gente corre hacia los extramuros de la ciudad hasta quedar jadeante en medio del arenal.

Pero más gente vino (y siguen viniendo) de todos los confines, esperando hallar en la ciudad, lo que no había en sus ciudades natales: oportunidad, le llaman. Entonces; en nombre de esa "oportunidad", miles y miles más llegaron a las faldas de los cerros en los conos: norte, sur, este y oeste. Pusieron una banderita del Perú, lucharon con la policía para que no les arrebaten el último sueño, pelearon con otros invasores como si hubiese un castillo dorado en disputa; consiguieron un abogado que a veces los timaba, esperaron que un fallo judicial (con la fortuna de Dios, pensaban), les diera ese terreno, aunque sin agua potable ni desagüe, soñaban que ese lugar se convierta en un barrio digno para sus hijos, quizás en diez, quince o veinte años.

Pero a veces muchos fueron expulsados de allí porque justo en ese lugar se construiría una planta eléctrica o una fábrica transnacional que para el 2050 daría trabajos a cinco mil trabajadores. La patria visionaria aseguraba el futuro de las nuevas generaciones. ¡solo había que sacrificarse ahora y por los próximos veinte años!

En el arenal muchos clavaban esteras con estacas y clavos, esperando que, ni el viento, ni el hombre, pudieran derribar las bases endebles de lo que ahora ellos llaman casa. Esos seres anónimos son los que viven el hoy, aquellos que no creen en las adivinaciones ni el futuro.

Lima es una ciudad agreste para el que viene de afuera por primera vez, lo dicen los locos, los bardos, lo dicen los emigrados. Lima, una vez que te adopta, te sonríe y otorga hijos con la condición de que lleves desdén en tus entrañas y mires con recelos a los que vienen desde lejos. Porque a nadie ayudó a los que venían desde la sierra o la selva. Solo se burlaban de ellos y de su acento. Lima no tiene la culpa porque adolece de cabeza y ojos (es un ciclope decapitado). Son sus habitantes celosos los que les hacen la jugada y ponen zancadilla a los demás. Así es, así tiene que ser.

Lima de estruendos, de juegos artificiales en navidad y año nuevo, Lima de fiesta patronal, de yunza, toro-loco, de emoliente, de chicha morada y de jora, de cerveza, de dinamitazos, de coche-bomba, de apagones, de taxistas peleándose, de conciertos en invierno y verano. De edificios levantándose, de soldaditos de plomo tenaces, de cobardes replegándose, de valientes poniendo el pecho, de bombardas en los estadios, de gritos en la tribuna, de trenes eléctricos y metros, de esteras y condominios, Lima de turrones y buffet, de luces neones, digitales, electrónicas, computarizadas, Lima con olor a brisa, con jadeo fresco a pleamar. Lima de domingos en las arenas de Cerro Azul, Punta Hermosa, Barranco, Chorrillos, Miraflores, La Punta y la Caleta Vidal.

Lima pituca, clasista, racista, comunal, chola, provinciana, negra, blanca, emergente, pobre, puta, arrecha, violadora, mazamorrera, coqueta, mamacha, pipirisnice, Lima riquísima; ciudad de la nostalgia y del delirio.

## Un hombre del campo perdido en la ciudad

Alguna vez fui un hombre rural, al menos cuando fui joven. Luego mis padres me enviaron a la ciudad y me perdí. Creo que en *La decadencia de Occidente* (1918-1922) hay un texto llamado "El alma de la ciudad", de Oswald Spleger. Dice Splenger que cuando uno marcha a la ciudad, convierte esta en su patria y le ofrece su libertad. Ahora bien, si intenta volver al medio rural puede sentirse extranjero. También puede ocurrir a la inversa: provenir del campo y luego al estar en una ciudad, un individuo se siente alienado como Andrés Hurtado de *El Árbol de la ciencia*. Como recordarán, Andrés marcha a Madrid en donde no se siente a gusto y luego marcha a Alcolea, una zona rural y tampoco se sentirá bien porque ya ha entregado su alma a la ciudad.

Así me siento. Entregué mi alma primero a Lima y cuando ya había entregado mi libertad en cómodas cuotas, me tocó emigrar y esta vez hipotequé mi alma y mi libertad por tiempo indefinido. Lo curioso es que Virginia y algunos lugares de la ciudad de Fairfax son unos suburbios apacibles, pero carecen de la vorágine y vida de ciudades como Lima o New York y por ello son lugares de un aburrimiento perpetuo. Y a esta ciudad vine un día a vivir de manera indefinida. En estos suburbios de noches estrelladas en el otoño y hasta en invierno también. Por las noches salgo a contemplar el cielo impregnado de estrellas. El manto azul marino me conmueve y conmina a seguir contemplando el firmamento mientras pienso si existe en el mundo alguien que esté mirando las mismas estrellas y deseando lo mismo que yo.

# Carta a un hermano

*Querido hermano Horacio,*

*Te escribo ya que hace muchas lunas no sé de ti.*

*Tampoco sé nada de nuestra hermana y eso que ella vive en Perú.*

*En tu caso, lo entiendo, aunque igual, creo que por ser el hermano mayor ambos deben deberían al menos escribirme. Sobre todo, por mi situación.*

*Disculpa si te reprocho, puedo, podría no decirte nada y hacerme el loco, pero creo que es mejor ser honesto.*

*Sé que no he sido un gran buen hermano, que no compartí muchas cosas contigo. Creo que, en nuestra época, nuestros padres nos educaron y nos dieron lo básico: comida y educación. Enseñar a comunicarse o compartir no era necesario. Al menos no para ellos que se levantaban a las cinco de la mañana para ir al monte con los peones para talar árboles y recoger papas y maíz de la chacra.*

*Nunca te lo he dicho, pero te admiré siempre porque has sido el más rebelde de todos. Cuando te enviaron a Lima, al menos protestaste. Me dijo nuestra madre de tu valentía al cuestionar la decisión de papá. Nuestra madre sufrió mucho. Me lo dijo una vez cuando la encontré llorando.*

*Se secó las lágrimas al vuelo fingiendo tener picazón en los ojos y yo le dije que sabía que era porque estabas en Lima. Y cada vez que hablaron por teléfono y se comunicaron por carta, seguro te dijo "tu madre que te quiere y siempre te piensa" en vez de decirte que te amaba y que extrañaba horrores, que no dormía al pensar en ti. Alguna vez discutieron con nuestro padre porque no estaba segura si lo mejor había sido habernos enviados a todos a Lima.*

*Claro, yo regresé a Cusco con los años y tú te abriste paso allá en Lima, solo. Una vez más tuviste agallas para luchar.*

*Para nuestra hermana, todo era diferente, un día se casaría y su marido se haría cargo como solían hacerse en esas décadas hoy tan lejanas.*

*Solo quiero que sepas eso: que nuestra madre nos amó y sé por ella (nuestro padre jamás lo hubiera demostrado) que él también sufría y que le había dicho a nuestra madre: Mujer, contradíceme en todo, dame pelea en todo, pero no en esto por favor. Yo sé lo que me digo: con el paso de los años, las provincias se van a empobrecer por el centralismo, es lo que me ha dicho el profesor Inclán: "envía a tus hijos a la capital. Allí labrarán un mejor futuro."*

*En fin, dejo ya de aburrirte y te cuento algo que quizás te va a interesar más.*

*He hecho un hallazgo importante. Es posible más que seguro que no tomes en cuenta lo que te contaré y por eso he copiado los mensajes enteros de las personas que me han escrito de España sobre el apellido Usandivaras que suena muy vasco. En realidad, es vasco francés. Espero que estés bien por Estados Unidos, en Virginia que me has dicho (cuando hablábamos) es un lugar con mucho verdor, pero de climas extremos. He puesto la dirección de la prima Benita Bellota en la carta ya que aquí en el hospital mental nadie recibe correspondencia por correo, sino que tiene que ser traído directamente por un familiar.*

*Recibe un abrazo afectuoso de tu hermano mayor que espera volverte a ver.*

*Yx Linares*

# Los Linares en Bilbao

Mi nombre es Arantxa Linares Amunategui, hija de Liborio Linares y María Antonia Amunategui y somos vascos desde siempre. Nací como toda mi familia en lo que era San Vicente de Ugarte, Muxixa (en euskera) en el Señorío de Vizcaya. Hoy se le conoce como Mugika. Nuestro pueblo no es muy grande, pero si le doy una referencia pequeña sabrá dónde estamos. ¿Gernika le resulta familiar? Pues estamos un poco más al sur de ese pueblo. Entre estos dos pueblos está Arana.

No hará falta que le recuerde el bombardeo de Gernika. Por suerte ya nací en 1950, pero mi padre perdió una pierna y nos contó lo horrendo de la Guerra Civil. Liborio fue profesor de escuela, uno de los pocos de este ayuntamiento que antes se llamó Ugarte de Mugica. Yo, terca y orgullosa de mi padre, seguí también el camino de la enseñanza.

El 26 de abril de 1937 durante la Guerra Civil española, la Legión Cóndor (de la Alemania nazi) junto a la Aviación Legionaria italiana bombardearon Gernika. Se dice que hubo de cien a trescientos muertos. Quién sabe si hubo más. Hay mucha gente desdichada que no tiene quién la reclame y no figura nunca en las estadísticas. La operación Rügen se llevó a cabo con la complicidad del dictador Franco.

Muchas personas de Gernika marcharon para la defensa de Bilbao. Esta no sería la primera vez que España sufriría un ataque así de cobarde y certero porque ya en noviembre de 1936, Franco hizo que ametrallaran Madrid con el propósito de amedrentar a la población. Sabemos de sobra que en julio de 1936 se gestó el golpe militar contra la Segunda República por medio de los sublevados bajo la mano del dictador Francisco Franco.

A partir de fines de 1800 e inicio de 1900 algo pasó en el País Vasco. Tal vez la desastrosa derrota que sufrimos ante los Estados Unidos en la guerra de 1898 entre abril y agosto creó un desánimo en toda España. Un pesimismo que incluso autores vascos como don Pío Baroja (nacido en Donostia) y Don Miguel de Unamuno (Bilbo) manifestaron en su literatura. Yo siempre fui muy aficionada a los libros, pero, aun siendo profesora no tuve mayores aspiraciones intelectuales o literarias. Me hubiera gustado, no lo niego, pero nuestra labor era sacar de la ignorancia a los chavales de Vizcaya (y al mismo tiempo criar a nuestros hijos). Hasta hoy creo que seguimos sumidos en la ignorancia, en esta era de tecnología y aparatos electrónicos que nos han embrutecido hasta reducir nuestra capacidad de pensar: ya no sumamos mentalmente. Usamos una calculadora o los dedos. ¡Ay de nosotros si osábamos usar los dedos en la clase de Matemáticas!

Pues le diré que nuestra familia de San Vicente de Ugarte se mudó a Bilbao (nosotros específicamente al barrio de Begoña), otros a Getxo, otros a Donostia, pero mi abuelo, que nació alrededor de 1890, cuenta que ya para 1900 (según le contaron sus hermanos y sus padres) los Linares se fueron mudando para muchos lugares y algunos nunca los volvieron a ver: unos se fueron a Cantabria, a Jaén y otros a las Indias (se dice América, padre, le decía yo) y él replicaba: las Indias porque los que regresaban de allá eran indianos. Nadie les decía americanos. Americanos son los de Estados Unidos.

A mí me gusta el barrio de Begoña. Hasta hace unos años yo solía bajar seguido al Casco Viejo. A pie. Ahora cuando tengo ganas desde la basílica de la Begoña tomo el ascensor que me lleva hasta la salida de la estación Casco Viejo donde está la Plaza Miguel de Unamuno y el monumento a nuestro autor vasco. Bajando por allí uno puede caminar por Kapelagile Kalea, seguir recto por Viktor Kalea. Allí encontrará tiendas antiguas como la sombrerería Gorostiaga, que abrió en 1854. En ella se pueden comprar las clásicas *txapelas* (boinas) negras que se usan tanto en Euskadi. Allí a tiro de piedra está la tienda del Athletic Club. No es que me guste mucho el fútbol, pero a mi difunto esposo le encantaba el equipo y es el equipo que representa a nuestro pueblo. A veces hasta ahora me parece recordar a Patxi cantando *Gora Athletic*. Todo en el Casco Viejo está muy cerca. Entre el Donejakue Katedrala (la Catedral de Santiago) en Gerrikogin Kalea y Arriaga Antzokia (el teatro Arriaga) en la Plaza Arriaga no hay más de tres kilómetros de distancia. Bilbao hasta hace veinte años no era el lugar que es hoy. Lugares como el Museo Guggenheim (al lado de la universidad de Deusto), Euskal Museoa (Museo Vasco), Arkeologi Museoa, el funicular, la basílica de Begoña junto a tantos bares y restaurantes han convertido a nuestra pequeña ciudad en un lugar muy transitado por turistas. También ha traído inmigración de sudamericanos, africanos y Europa. El Casco Viejo y el Centro de la ciudad están divididos por la Ría del Nervión que es el paso del río del mismo nombre que desemboca en el mar Cantábrico.

He hecho casi una descripción fotográfica de mi pueblo, no sé por qué, tal vez quisiera que lo recorran a pie como yo lo he recorrido junto a Patxi. Bajando desde la basílica de Begoña hasta la estación del Metro y las calles que he mencionado.

¿Sabe? Hubiera querido tener más tiempo, ser más joven para poder descubrir y encontrar a nuestra familia: donde quieran que estén. Esas cosas a mí me dan curiosidad, aunque a veces creo que soy la única o una de las pocas personas a la que le interesa.

Tengo un sobrino de nombre Juan Santiago Linares que en el año dos mil se fue a Estados Unidos a estudiar una maestría en administración de empresas en Washington DC o en el estado de Washington, no estoy segura. Luego de acabar la maestría hizo un doctorado y consiguió una buena plaza en una universidad en New York. Le contó a mi hermana (su madre) que en Estados Unidos conoció a algunas personas de apellido Linares, provenientes de México, de Centroamérica y de Perú. Contaba mi sobrino (por las conversaciones que sostuvo con varios Linares) que al parecer el apellido no era tan común en Sudamérica como lo es en España. Es más, por alguna razón que no ha podido explicar, los Linares son familias pequeñas y con educación superior y de lo que llaman en Sudamérica "clase media alta".

Mi sobrino Juan Santiago tiene un corazón de oro. Ahora es gerente en una empresa inmensa. Él siempre ha ayudado a todos lo que ha podido. Algo muy curioso y que me hizo reír (creo que, de haber podido, yo también lo hubiera hecho) es que cada vez que conoce a alguien de apellido Linares, intenta ayudarlo al máximo. Juan Santiago dice que si hubiera conocido mogollón de Linares en Estados Unidos los ayudaba a todos. Más de una persona le ha preguntado por qué les ha ayudado sin conocerlos y él que siempre ha sido muy aficionado a la historia les dice: porque hace cientos de años un Linares o dos surcaron el océano para buscar un futuro en América. El continente los recibió. Así como me ha recibido a mí. Si tenemos el mismo apellido entonces significa que somos parientes lejanos, que algún momento hace muchos años fuimos una solo familia.

Un ángel. Mi sobrino es un ángel. Se lo digo yo que lo vi crecer y muchas veces lo tuve en mi casa y lo eduqué como a un hijo. Inteligente, estudioso, responsable. Entiende el euskera que ya se impartía en las *ikastolas* (escuelas) y por eso lo pudo aprender. No creo que haga falta recordar que nosotros no aprendimos ni jota de euskera porque vivimos bajo la sombra de Franco. No contentos con el bombardeo, no contentos con destruir Gernika y Bilbao, prohibieron nuestro idioma, el idioma que hablaban nuestros padres.

Recuerdo una vez que mi padre estuvo hablando euskera en Bilbo en plena ciudad y un señor le dijo: *maqueto*, no hables euskera o llamo a la Guardia Civil. Con los años supe que un *maqueto* en el País Vasco era alguien que era de otra región de España.

Ahora que nosotros estábamos en Bilbao, los maquetos éramos nosotros. Desde ese entonces en casa de mis padres se hablaban en euskera en las noches y en voz baja, sobre todo cuando discutían cosas que no querían que yo y mis hermanos supiéramos. Entonces, como comprenderán, nosotros no aprendimos euskera. Y por miedo a la policía y a que nos griten *maquetos* en la calle tampoco osábamos hablar lo poco que sabíamos. Con el tiempo nos olvidamos por completo incluso de los saludos básicos. Puedo decir *kaixo* (hola) y *agur* (adiós), pero si me hacen una pregunta completa no la sé responder. Le soy sincera, yo del euskera no quiero saber nada, no porque no sea vasca. Lo soy. Amo a Euskadi, solo que yo asocio el euskera con el dolor, con las bombas, con las amenazas a mi padre y a esos años duros que siguieron a la Guerra Civil y la dictadura.

Es como si tuviera temor que aun hoy (aunque sé que ahora los jóvenes y los niños aprenden el euskera en las ikastolas) alguien me gritará *maqueta*, aunque para mí *maquetos* son todos ellos, los brutos y majaderos que vinieron a nuestro pueblo e impusieron su cultura. Puede que esté equivocada, pero es mi parecer, puede que también me equivoque rechazando el euskera, idioma que nunca aprenderé y al cual he eludido por miedo. Porque en el País Vasco sabemos qué es el miedo y el terror.

# El tiempo omnisciente

El tiempo es omnisciente porque observa minuto a minuto y año a año, los movimientos y el paso de la gente. El tiempo observa quién nace, crece, se reproduce, envejece y muere. El tiempo es casi como un Dios, en el supuesto caso que Dios existiera. Y si existiera entonces el tiempo sería una suerte de lugarteniente de Dios, porque observa a las personas y a cada ser humano y le asigna ciertos años de vida. Algunos seres pueden llegar a vivir cien años, otros apenas mueren ni bien nacen.

¿Es Dios quien determina la vida y por ende la muerte? ¿Por qué a algunos se les concede apenas un día de vida con lo cual crea un dolor desgarrador en sus padres? ¿Por qué una criatura hermosa con tres años de vida deja de existir justo cuando sus padres han empezado ya a soñar con el futuro de su hijo?

¿Es Dios o es el tiempo quien controla el destino de los hombres? ¡Cuántas veces los hombres han dicho la frase lapidaria!: "tiene las horas contadas". ¡Qué terrible designio saber que no se tiene más tiempo en este mundo!

Teniendo tan poco tiempo por vivir, el hombre se enfrasca en guerras y la vida se transforma en una botellita con arenas del tiempo que rápidamente caen anunciando que se avecina el fin de algo. El hombre es el ser vivo más curioso que existe sobre la faz de la tierra. Ni las ardillas, ni los osos, ni ningún animal por más travieso que sea, tiene ese espíritu aventurero y las ganas de husmear. Desde miles de años el hombre real o imaginario siempre ha querido saber qué hay más allá. Ulises, los vikingos, los británicos, los españoles, cruzando océanos, enfrentándose a cíclopes, mayas, incas, aztecas y mapuches, asesinando o siendo asesinados, conquistando, venciendo o siendo vencidos.

La vida es casi como un planeta que rota sobre su eje, pero tiene un punto de partida e intenta llegar al final. No todos los seres humanos tienen el mismo espíritu de aventura. Existen millones de personas que nacen y mueren en el mismo lugar, sin embargo, hay otros que han nacido para explorar, aunque sufran el naufragio y mil miserias más, hay algunos que han nacido para viajar, aunque mueran encallando en las rocas y los arrecifes.

El tiempo omnisciente lo ve todo y lo ha visto todo: ha visto a los vikingos llegar a América, a los españoles llegar a lo que es hoy el Caribe, México y el Perú. Vio a los británicos arribar a los Estados Unidos en el *Mayflower*. A Colón, Hernán Cortés, Francisco Pizarro, Núñez Cabeza de Vaca. Todos intrépidos para abandonar sus hogares y nunca volver. Dicen que Cortés quemó sus barcos. Algunos murieron lejos de casa ora por la pobreza, ora por la fuerza de la espada y la traición de los que fueran sus socios.

El tiempo y la historia han observado la desgracia de varios que hoy figuran en los libros y que padecieron como nadie, y aun así el hombre igual se aventura a buscar un futuro lejos de su tierra y busca *American Dreams*. Otros más confundidos aún viven un sueño rutina en el que se trabaja hasta el anochecer para poder vivir "bien" en el primer mundo.

Otros quieren saber sus orígenes y árbol genealógico y muchas veces se llevan una sorpresa que no esperaban: hubiera sido mejor no saber la verdad.

El tiempo omnisciente lo ha visto todo y pudiera revelarles más cosas a los hombres terrenales, pero no lo soportarían y luego de su curiosidad inicial desearían ignorar la verdad que tienen ante sus ojos.

Existen historias de García probos, García delincuentes y asesinos. Igual pasa con los Pizarros o los Cortés. Existen apellidos españoles que han cambiado e ido transformándose con el tiempo. Las migraciones en España también influyeron en esto. Gentes del País Vasco francés (llamado Iparralde en Euskadi), que cruzaron el País Vasco español con lo cual con el pasar del tiempo los apellidos se fueron castellanizando. Un ejemplo sería el apellido Oxandabarats que derivó en Usandivaras. Y puede demostrarse que, efectivamente, el apellido nació en Itxassou, una villa francesa en la provincia de Labourd y que colinda con España. A esta parte se le conoce como Pyrénées Atlantiques, una subdivisión de Bayonne.

El tiempo omnisciente puede dar fe también que luego de ocho generaciones el apellido Oxandabarats, Oxandabaratz cambió a Usandivaras y a veces Usandiveras. Y el tiempo es testigo que un Usandivaras llegó a Argentina en 1700 y luego se establecieron en Salta (Argentina). Y luego de Salta marcharon hacia Perú cruzando la sierra de Bolivia. Y que esa misma familia Usandivaras tiene lazos con la escritora peruana Clorinda Matto Usandivaras, que es a su vez familia con el despistado Horacio Linares que desconoce también que existe una etarra francesa llamada Inzxia Otxandarats que es su pariente lejana, pero parientes, a fin de cuentas. Hace centurias una sola familia Otxandabaratz se dividió en dos y hasta en tres. Un grupo entró a España y al decir sus nombres, los españoles que no entendían euskera ni gascón (ni nada), los inscribieron como sea.

El tiempo omnisciente capturó el preciso instante en el que Unamuno estaba sentado en una silla al lado del hotel Broca en Hendaya (Francia); ese día Vicente Sánchez Ocaña le hizo una entrevista que sería publicada en 11 de febrero de 1930 en la revista *Estampa* en la que un poblador francés dice que el autor vasco honra a España y a Europa. El poblador que defiende a Unamuno era un hombre muy grande y de ojos azules, rubicundo, patilludo como un estibador de puerto o quizás como un marinero. Asimismo, el tiempo omnisciente captó el momento en el que Santiago Aranaz tomaba una foto a don Miguel junto a su esposa Concha y sus hijos José, Felisa, María y Pablo en el muelle nuevo de Ibeni en 1877. También fue testigo de la foto que tomó JB Olascoaga al autor vasco en agosto de 1928 en Hendaya. Allí aparece don Miguel de Unamuno en un balcón junto a sus hijos Rafael y Salomé y en una pared pueden leerse las palabras *Entreprise Batiment*.

Quedó registrada en la memoria del tiempo una foto en la que salen Unamuno y Ortega y Gasset, dos filósofos españoles de primera línea. Ocurrió en Hendaya en 1925 y el fotógrafo es Cándido Ansede. Así el inexorable tiempo vio la construcción de lo que es hoy el teatro Arriaga finalizada en 1890 por el arquitecto Joaquín Rucoba y en 1902 el nombre el teatro será Juan Crisóstomo de Arriaga, en honor al músico bilbaíno quien fuera considerado el Mozart español y que falleciera apenas a los veinte años.

Del mismo modo, como se habla de Unamuno, podrían citarse a otros autores vascos como Baroja, Blas de Otero y remontarnos hasta la misma actualidad y hablar de Aramburu.

De Bilbao podríamos saltar a Lima y hablar de Vallejo, de Arguedas o brincar a Cusco y citar a Clorinda Matto de Turner. El tiempo puede recorrer ciudades y encontrar autores en cada una de ellas: Buenos Aires (Sábato, Borges), Virginia (Poe), Connecticut (Twain), California (Steinbeck). El tiempo podría mencionar más hechos con la precisión exacta de todo aquello que ha visto: la vida y la muerte de todos los hombres que a fin de cuentas y de cuentos son entes de ficción.

Créame que yo he visto de todo. Estuve el 21 de febrero de 1873, cuando el niño Miguel de Unamuno tenía diez años y empezó el bombardeo en Bilbao. Miguelito estaba junto a su hermana en la calle Cruz (casa de los Unamuno) cuando los carlistas bombardearon la ciudad. Estoy seguro de que Don Miguel nunca olvidó ese día, porque momentos y batahola infernales como esas se incrustan en la memoria para siempre. Quién lo diría que, al igual que hicieron los niños de Chernóbil más de cien años después, el niño Miguel y todos los zagales de Bilbao en sus juegos recreaban la desgracia, el fuego, la muerte, el peligro, porque eran pequeños y no tenían consciencia de ello.

Estuve (y esto si es desagradable) en los últimos momentos de vida don Pío Baroja. No me refiero al fallecimiento, sino al acto innoble de Ernest Hemingway que se retrató con el cadáver de don Pío. ¿Se tomarían una foto con un cadáver por más importante que este sea? ¿No se supone que debemos dejar descansar a los difuntos?

## Castellón y el Mediterráneo.
## El Bajo Maestrazgo (Baix Maestrat)

Antes de regresar a Virginia, me prometí que haría algo más y era ver el Mediterráneo que está a casi dos horas de Cantavieja (Alto Maestrazgo) a través de la carretera que va camino a Valencia/Castellón o a Valencia/Castellón/Barcelona. Tenía a veces temor a confundirme por mi poca familiaridad con el sistema de carreteras de España y creo confundir Castellón con Castellote. Mi ignorancia topográfica me inquieta y demuestra lo pequeño que es el hombre.

Al cabo de casi una hora y media de camino seguía leyendo y releyendo carteles que decían Castellón, pero igual paraba para preguntar en el peaje. Me confirmaron que estaba en el camino correcto. Así que emprendí la marcha siempre a sesenta kilómetros por hora y después busqué salir de la autopista para llegar a la avenida del Mediterráneo. Y luego perdiéndome por la *carrer* del doctor Alemán y la *carrer* de Leoncio Serrano, llegué al Ayuntamiento de Oropesa del Mar. Surcando las callecitas señalizadas en español y *valencià*, divisé, como un oasis reposando en un desierto, el mar Mediterráneo.

La vida puede ser una casualidad cuando no nos conviene aceptar lo que nos ha ocurrido y una causalidad cuando decimos que estaba casi escrito lo que nos iba a pasar sobre todo cuando es algo que nos favorece. Estoy aquí gracias a que he remado desde aquel extremo hasta este lado de la orilla.

Estacioné el coche y una vez más me asaltó la reverberante descripción de Pío Baroja acerca del Mediterráneo en *La Venta de Mirambel*:

*Cuando la meseta aragonesa baja al Mediterráneo, comienza la tierra*

*a cambiar y con ella el aspecto de los pueblos; se blanquean las casas, se*
*les ponen franjas azules debajo de los aleros, aparecen las azoteas, deja de*
*reinar el castellano y se empieza a hablar valenciano…*

La gente hablaba en valenciano por estos lares y yo estaba hechizado mirando el tercer océano de mi vida y acaso el último. Desde mi juventud me enamoré del Océano Pacífico de Lima: la Costa Verde y también en las playas del Sur. Un día cuando anclé en Virginia tuve que esperar dos años para ir a ver el Océano Atlántico, pues está a casi tres horas de Fairfax, la ciudad donde vivo.

El mar ha visto tantas gentes ahogarse, tantas gentes partir a otros continentes, gentes venir de otros lados para conquistar, los españoles conquistando a los aztecas, los mayas y los incas. Los templarios surcando los mares para pelear contra los moros.

El mar ha visto a tantos niños reír en sus orillas llenas de castillos de arena que, con la puesta del sol, son dejados a merced de la brisa marina para ser derribados. Y al día siguiente se levantarán otros castillos de arena y habrá barullo de muchos otros niños y de cuerpos hermosamente dorados como miel y de gente anciana que miran como yo (como mi abuelo o mi padre) el horizonte pensando en lo que hay al otro lado del mundo, o en lo que se ha dejado de ese otro lado y no se puede traer más. Porque el tiempo es como la palabra lanzada. No puede retornar y la erosión, como el daño que provoca una palabra hiriente, es irreversible.

Tengo una vaga idea de por qué el hombre emigra. Es algo que llamo "La teoría del círculo". Es apenas un garabato de teoría. Mi teoría empírica se centra en que una persona que hace doscientos años emigró va dejando una huella, un recuerdo, una nostalgia, una posibilidad, un eslabón, una pregunta, una duda, una herencia, un imán. Y los hijos de sus hijos o los nietos de este primer inmigrante irán indefectiblemente recorriendo los mismos pasos y retornando al lugar de origen, al lugar donde todo empezó.

Pienso en la colonia japonesa que llegó a Perú entre 1800 y 1900, esa raza emergente, honesta, pujante, laboriosa que desembarcó en el puerto del Callao en condiciones de casi semi-esclavitud. Con las décadas se hicieron comerciantes, empresarios, universitarios, congresistas y hasta presidentes porque Perú tuvo en 1990 un gobernante de apellido Fujimori que, lamentablemente, avergonzó a su comunidad porque un día huyó cobardemente en lugar de enfrentar la corrupción de su gobierno.

Décadas después en los 70 y 80 con las crisis sudamericanas, las dictaduras, la diáspora de peruanos-japoneses a Tokio, Osaka y Nagasaki se incrementó. Igual que los japoneses que vinieron al Perú, se les trató dura e injustamente, como individuos de segunda clase, pero esos peruanos-japoneses trabajaron y después sus hijos nacieron en Japón y tendrían el japonés como primera lengua y así completarían "La Teoría del círculo" que pretendo explicar no sé cómo.

Los chinos llamados *Kulies* también arribaron a mi país y su historia es tan o más triste que la de los japoneses y ha sido escrita por un narrador chino-peruano. Con el nefasto gobierno de Alan García en los 80 y con la dictadura de Fujimori en los 90, muchos que tenían ascendencia española o italiana reclamaron también su pasaporte comunitario retornando a la casa de sus ancestros quienes salieron cientos de años atrás, siempre surcando el mar azul. Otros como yo que no sabíamos casi nada de nuestros orígenes, nos fuimos a cualquier lugar para ser inmigrantes y empezar de cero. Así decidimos subirnos a un avión y atravesar el cielo y el mar.

Mar, mar azul, intenso mar-azul-cielo, mar, mar, mar que me hipnotizas y como las olas me haces volver. Como las olas que van a parar en la roca, roca, roca, mar. Mar, mar-azul, azul como el cielo, como unos ojos… como los ojos de Eva Monserrat.

Pedí una paella que estaba deliciosa o como dicen algunos por aquí (jóvenes y viejos) "de puta madre". Mientras cenaba en un restaurante que daba frente al mar Mediterráneo, a mi lado había un bar al aire libre y un rapero llamado MC Valencia estaba tocando. La música sonaba bien. En Estados Unidos aprendí a escuchar un poco de rap sobre todo por mi hijo Horace, que nació y se educó en Estados Unidos y se tomó el tiempo de explicarme que hay muchas rimas llenas de metáforas y símiles y también algo que le llaman *Free Style* (Eminen es el que mejor hace el *Free Style*, dice Horace) que es improvisar letras como los soneros de la salsa y que también existen en la música popular de México, Perú, España y me imagino que en muchos otros lugares.

Terminé de cenar mi paella y bebí un Rueda pensando, mientras miraba el mar y me dije: podría morirme aquí ahora mismo, mirando ese intenso mar azul. Pagué mis consumiciones y decidí marcharme a dar una pequeña caminata mirando el mar. Siempre pensando que este lugar era el paraíso, esos colores, ese mar, esos tejados, esa comida, ese vino. Si al menos uno pudiera no estar tan solo creo que me sentiría mejor, pero estoy completamente solo, y que lo he echado todo a perder; sé que yo culpé a la madre de Horace por los problemas que tuvimos y la acusaba de ser una mujer difícil, pero el complicado he sido yo y no me he reconciliado conmigo mismo porque cada vez que… ¿oiga por qué me choca así? ¿No tiene ojos, jovencito? ¡Le estoy hablando! ¡Oiga vuelva aquí! ¡Mi billetera! ¿Por qué corre? ¡Ladrón! ¡Detengan a ese muchacho! ¡Deteng…!

Todo ocurrió en un segundo. Horacio quiso cruzar la calle, pero no pudo. Primero el sonido de una bocina y luego un golpe seco que derribó a Horacio por la avenida. El conductor del Fiat color celeste: *joder, este tío cómo cruza la calle así. Le he tocado la bocina. Yo no iba muy rápido. ¡Cagüendiez! Una ambulancia. Llamen a una ambulancia.* La Guardia Civil rondaba por allí y acudió de inmediato. En menos de cinco minutos todo quedó aclarado. Revisaron los bolsillos del pantalón de Horacio y encontraron la billetera. El muchacho, un inmigrante africano no había robado nada, solo se asustó porque "el viejo gritaba como loco y me dijo ladrón".

Está respirando. Revisen en sus bolsillos para ver si tiene identificación. Pasaporte azul. De Estados Unidos. Este tío, parece sudaca, dice bisbiseando un policía. Pero aquí dice que es de Estados Unidos. En la billetera hay una licencia de conducir americana. Tenemos que llamar a su embajada. Aquí hay nombres de familiares o amistades en España. Joder, su móvil requiere una clave. Mira, aquí hay un papel con notas a mano. Museo, Baroja, Unamuno, templarios... ¡Cagüendiez! ¿Qué es esto? ¿Y aquí? Estos parecen teléfonos locales. Centralita de Cantavieja. Eva Monserrat. Iñaki Linares. Tal vez sea un familiar. Llamen a estos números de inmediato.

La ambulancia llegó y tras levantar al herido lo llevaron al hospital local.

# Sueño y delirio

Camino por el mar en Montevideo como Cristo sobre el agua: un ser terrenal, místico haciendo esquí acuático sin esquíes. Nadie nota que avanzo hacia la costa. Deberían sorprenderse como cuando los verdaderos americanos vieron los primeros barcos españoles o ingleses. Acelero el paso y miro el agua que se abre a mis pasos como el Mar Rojo. Con solo desearlo hago que se cierre el mar porque quiero sentir el agua a cada paso. Pero por más que camino no avanzo lo suficiente y yo quiero llegar, necesito llegar a la orilla.

Entonces decido volar. Me elevo, soy un Ícaro posmoderno y espero que mis alas no se derritan. Primero me elevo cinco metros para divisar quiénes están en la orilla. Ahora tengo una mejor visión. Me acerco flotando lentamente. Abajo el mar está tranquilo.

No puede ser. El mar es el de Montevideo. Lo recuerdo bien. Pero ahora que me aproximo a la costa, esta se parece a la playa de Lima. Lo edificios son inconfundibles. Sin querer me he elevado diez metros más. Miro la arena y aunque estoy lejos algo me permite ver con una claridad inexplicable. Veo a Daniela sentada en arena del mar jugando con dos niños al lado de un hombre que sonríe. Está conversando con Courtney y su esposo. Sonríen todos como amigos entrañables y entonces se acerca la doctora Marchese con su colega alemán quien empieza a recitar pasajes de Goethe; y aunque mi dominio del alemán es rudimentario reconozco que habla de *Fausto* y de alguna manera puedo entender lo que dice.

Courtney les pregunta a todos si quieren pizza. Puedo escucharla desde casi treinta metros de altura pese al sonido de las olas del mar que revientan en unos peñascos; escucho la voz de otros veraneantes, la música indistinta que proviene de más de un lugar. Asienten todos a una "queremos pizza", y del cielo empiezan a caer trozos de pizzas, de peperoni y de queso. La doctora Marchesse entonces pregunta si se les apetece un vodka cranberry y como la respuesta unánime es sí, se forma una catarata en el aire desde el cual cae un líquido de color rosado algo transparente y la playa entera se impregna de un olor a vodka.

Quiero bajar para preguntarles cómo se conocen todos y antes de que lo intente me miran y me señalan con el dedo. Risas y más risas, y cuando pienso que les voy a increpar, vuelven a lo suyo. Conversan animados y me ignoran. Deseo hablar y no puedo. Intento bajar a la arena y por el contrario mi cuerpo pesa menos que una pluma. Soy un globo de gas, soy parte del éter, soy una nube negra que empieza a ascender, ascender y se dirige hacia el horizonte; y mientras me hago más pequeño e insignificante, me doy cuenta de que se han olvidado de mi presencia como si nunca hubiera existido. Una nube oscura, como una orca y con la fuerza de un imán, me empieza a atraer hacia ella. Y la diminuta nube negra que soy empieza a desaparecer bajo el manto de nubes prietas que anticipan una tormenta. Con lo último de visión que me queda miro hacia la arena. Todos los veraneantes se han ido y me he quedado solo.

# No pienses en voz alta

A veces no hay que pensar en voz alta ni decir cosas como "me moriría aquí mismo". Frases así atraen a la mala suerte. Es lo primero que pensé al despertar. Casi me caigo de la cama del hospital al ver a Iñaki y Santi. "Eva, la del ayuntamiento nos buscó. No pudo venir porque está con un catarro que la tiene tumbada en cama. Ayer no estaba tan mal y fue al ayuntamiento a trabajar y allí llamó la Guardia Civil de Valencia. Como ella no podía venir nos avisó a nosotros. La Guardia Civil nos preguntó si éramos familiares y le dijimos que no y luego que sí. Pero bueno, aquí estamos".

"Gracias", es lo que me oí decir e intenté recordar qué pasó. Luego de perseguir al muchacho que me había *robado* (si pudiera verlo y pedirle disculpas por portarme como un imbécil prejuicioso) apenas recordaba la sensación de un golpe, un impacto fuerte y seco. Como si viniera corriendo y me estrellara contra una nevera o que la nevera viniera corriendo (si las neveras pudieran correr) y se chocase conmigo.

Iñaki y Santi se quedaron dos horas en el hospital y se marcharon a las dos de la tarde. El doctor me comunicó que tenía un brazo sentido pero que no sufrí fractura y que me hice un corte en la cabeza y me pusieron cinco puntos. No era nada de gravedad, apenas una contusión que requiere reposo. "En un día o dos podrá marcharse a casa. La policía notificó a su embajada y una persona llamó para verificar que usted se encontraba bien y que si era necesario trasladarlo a Madrid para que retorne a Estados Unidos. Les aseguramos que usted se encontraba en buen estado de salud y que les iba a notificar sobre cualquier eventualidad. Los de su embajada van a contactar a sus familiares en Estados Unidos. Si es que no lo han hecho ya. Su teléfono móvil, su pasaporte y pertenencias están en esa mesa de noche. Ahora descanse. Puede llamar a la enfermera tocando este botón si es que necesita algo más. A las seis le darán de cenar".

Prendí el celular y vi que tenía cinco mensajes: tres de Horace y dos de la embajada de Estados Unidos, lugar al que ahora llamo mi país. Marqué al móvil de Horace y apenas timbró dos veces me contestó: ¡Papá! ¡Dios, por fin te encuentro! ¿Estás bien, Dad? ¿Dad? Y entonces le calmé diciéndole la verdad: "Me encuentro bien hijo, sólo me duele un brazo y sufrí un golpe en la cabeza, pero ya sabes como soy. Tengo la cabeza dura".

## El regreso a casa

Iñaki, Santi y Eva vinieron al día siguiente cuando me dieron de alta. Eva se veía hermosa y me había traído unas flores. ¡A mí! A aquel que había olvidado lo que era tener detalles. Ella se veía hermosa, pero no atiné a decirle nada. Al salir del hospital, Inañi y Santi se subieron a su coche y Eva me dijo que conduciría la camioneta rentada en la que yo había venido a Valencia.

—¿Puede conducir un coche grande en carretera? —pregunté yo no sé si con ingenuidad o machismo.

—Mi padre era camionero y también manejaba tractores y de niña me sentaba en sus piernas y agarraba el timón. A los doce años ya sabía conducir un coche o un camión.

—Gracias, Eva. No sé cómo podré pagarle —dije avergonzado de cuestionar sus habilidades como conductora.

—No tiene nada que agradecerme, aunque al haber dudado de mi destreza como conductora, creo que sí deberá hacer méritos. Venga, vamos. Suba al coche, me dijo y lo hice. Subí pensando en lo que Iñaki y Santi habían hecho por mí, pero sobre todo lo que Eva había hecho. Mostrándome compasión y ternura, sentimientos que yo ya había enterrado. Eva me los había brindado sin casi conocerme.

De camino, durante los primeros quince minutos hubo un temor inicial en mí de hablar sobre mi vida, mi hijo, mi divorcio. Eva me contaba con normalidad de su difunto esposo, de su hija mayor que estaba casada y que vivía en Peñíscola (Castellón) y que quedaba en la costa, al norte de Valencia. Me decía que aún amaba a su difunto esposo, que seguía enamorada de él, aunque ya había fallecido hacia cinco años. Dios, de oírla hablar así me daban ganas de llorar, porque Eva tenía, a pesar de ser una persona sola como yo, algo que yo no poseía: una infinidad de recuerdos gratos. Aunque Eva tenía recuerdos tristes (como la muerte de su esposo), ella se había reconciliado con su pasado. Recordaba lo bueno; había dejado atrás lo malo y yo no. Eva recordaba la pérdida de su marido con cariño y hasta sonreía al evocar algunos momentos de su vida: la pedida de mano, la boda, la luna de miel, un viaje a Castellón y otro a Barcelona.

Cuando fue mi turno, pensé que sólo hablaría de los malos momentos, de mi soledad. Pero hurgando en la memoria pude ser honesto conmigo mismo y me di cuenta de que yo también había sido feliz. Hablé de mi viaje a Uruguay. De los paseos al Valle de Shenandoah y al Shenandoah National Park, a las playas de Maryland, Delaware y Virginia. No todos los momentos habían sido agrios, pero yo quizás había anidado los momentos malos y como decía el poeta Vallejo dejé que "la resaca de todo lo sufrido se empozara en el alma".

Tenía que sincerarme y, no sé por qué, hablé de los errores que había cometido en mi vida. De lo injusto que fui con Daniela. Eva me escuchó callada y sin juzgar mientras manejaba muy segura. En algún momento del trayecto a mi pensión me quedé dormido. Al despertar habíamos llegado a "casa", me ayudó a bajar y me entregó las llaves del coche. Nos despedimos con dos besos en las mejillas tal como lo hacen aquí.

Entré en mi pensión para descansar. No bien me puse el pijama caí dormido.

# Cantavieja (Teruel)-Madrid

A la mañana siguiente me desperté con energía y desayuné con mucho apetito. Me sentía feliz a pesar del accidente, sonreía de estar solo. Quizás menos culpable de mi fracaso matrimonial no porque no tuviera gran responsabilidad en ello, sino porque empezaba a entender que no podía pasarme el resto de mi vida culpándome o pensando en lo que pude hacer mejor o por haber perdido a una gran mujer como Daniela.

Fui a comprar postales de Teruel; en el camino me encontré con Iñaki que llevaba puesto la camiseta de los Redskins y me dijo, "hola primo", tibiamente y me preguntó cómo me sentía y le dije que bien. Me dijo que si necesitaba ayuda podía llamarle por teléfono. Le agradecí y comenté que pensaba regresar a Estados Unidos pronto, pero que pasaría por su casa para despedirme de él y de Santi. Hablamos un rato más y nos despedimos.

Me acerqué a la oficina del ayuntamiento para despedirme de Eva Monserrat; yo había descubierto la verdad sobre mi familia y quizás era hora de retornar. Tenía en mis manos una réplica de la Casa Blanca en miniatura. Se la entregué y le dije: "Esto es para usted. Nunca voy a poder agradecerle lo que ha hecho por mí".

En su rostro surgieron unos hoyitos muy simpáticos que resistían orgullosos el paso del tiempo. Eva me animó a que regrese algún día para ver el Festival de los Amantes de Teruel, o las Bodas de Isabel de Segura. Se celebraba en febrero y había actividades culturales, un mercadillo medieval, teatros, música, baile, todo centrado en el siglo XIII y en el festival participaban muchísimas personas.

—La vida es corta y hay que aprovecharla. Suerte en su viaje de regreso —me dijo con una sonrisa afable mientras me alcanzaba una tarjeta con su número de teléfono.

—Gracias, señora Monserrat. Creo que voy a volver —dije mientras ojeaba unas postales.

—Por favor, llámeme, Eva. ¿Encontró lo que buscaba?

Entonces miré los ojos cantaviejanos más preciosos y tan claramente azules y templados como el Mediterráneo.

—Creo que sí… creo que… había pensado en quedarme unos días. ¿Cree usted que le gustaría…? ejem… ¿Le podría invitar a cenar? Disculpe que ande con tanto rodeo, es que me dijo que todavía estaba enamorada de su esposo.

—Sí, lo estoy. Pero también sé que soy una mujer viuda y siempre lo amé y respeté en vida.

Sonreímos y dejé las postales que había cogido y ella me las recibió intuyendo que yo iba a quedarme unos días. Pensé en mi vida de semi-retirado, trabajaba simplemente para no aburrirme en casa y no tenía a nadie con quien conversar, reír, beber un vino, abrazarme, disfrutar una película. Pensé de manera ingenua que podría intentar escribir un libro sobre todo lo ocurrido. A veces me parecía haber soñado todo. Mi viaje, mi vida entera, eran sólo eso: sueños.

Eva me dijo que no podíamos cenar juntos esa noche porque tenía que deshollinar y no le entendí muy bien, pero igual le ofrecí mi ayuda. Tres horas después, tenía puesto un uniforme plomo y la cara atestada de carbón, pues tuve que limpiar el hollín de una chimenea. Tomé una ducha tibia y al salir Eva tenía en la mesa, café, pan, queso, jamón serrano y una tortilla de patatas espectacular; conversamos un poco de su vida y de la mía. Me dijo que el uniforme de su difunto marido me quedaba bien. Esa noche me fui algo tarde y sonreí mucho por primera vez en mucho tiempo, como si fuera feliz.

Espero que aquel que lea esto (sobre todo aquellas gentes de Cantavieja) puedan disculpar mi ineptitud y mi ignorancia topográfica, pues podría estar hablando de Iglesuela del Cid cuando en verdad quiero referirme a Castellote, y hasta en mis delirios podría soñar que crucé por Murcia y pensar que es Málaga, o confundir un pueblo llamado Badajoz y creer que es Barcelona. Cuando uno es extranjero todas las ciudades de un país y sus calles lucen igual y son una suerte de sueño recurrente. Un *déjà vu* que a uno lo aturde y acobarda al extremo de no querer salir del cuarto de hotel o de no querer hablar con extraños.

A veces creo que todo esto ha ocurrido en mi febril alucinación y como cualquier persona que entra en la senectud, me vuelvo más quijotesco e invento una dulcinea que nunca existió. Quizás soy, como el Augusto Pérez, de Unamuno, un ente de ficción y que pronto moriré. Y así como don Miguel quiso acabar con la mísera vida de Augusto, el creador del ente de ficción que soy yo mismo, tendrá que auto eliminarse. Y si yo no fuera Augusto Pérez, tal vez sería Andrés Hurtado, un infeliz suicida, un estudiante de medicina, solitario y dudoso del mundo y de sus propios afectos, un ser ermitaño pincelado por Baroja bajo la influencia de Schopenhauer; y el autor vasco que ya no sería narrador sino un pintor surrealista crearía así un cuadro llamado *El Árbol de la Ciencia*.

Quizás he estado todo el tiempo, y mi vida entera, en un viaje onírico echado en mi habitación en Virginia o quizás en un centro de ayuda para personas que empiezan a padecer de locura, y la locura, amigos míos, no es otra cosa que el Demonio de la Soledad. La soledad es el peor Demonio de la Guarda que se puede tener.

Pensaba si al haber venido a España podría despertar del letargo y comenzar una historia nueva y real. Pensaba si toda esta travesía, esta odisea ha sido una excusa para sonreír por fin al lado de alguien.

Durante la cena le pregunté a la señora Monserrat si le gustaría que me quede unos días o si me aceptaría cenar fuera de la ciudad en Castellón o en Castellote, o en Castilla o en Cataluña. No sé cuál de estas ciudades mencioné, y allí ambos empezamos a reírnos sin parar y me dijo tímidamente que sí.

Cenamos y allí le conté todo lo que descubrí sobre mi familia y hablé del distanciamiento con mis hermanos (no había resentimientos, solo distancias físicas y, eso sí, mucha desidia) y Eva escuchó callada y me dijo que mirara hacia adelante, que quizás era importante saber nuestro pasado, pero que uno debía fijarse en el presente y que si me importaba la historia de mi familia lo que debería hacer era visitar a mis hermanos para que nuestra historia acabe bien. Lo que me dijo después me dejó sin palabras: Si no es mucha intromisión de mi parte, hasta le acompañaría. Siempre he tenido ganas de conocer Perú y ese lugar que llaman Machu Picchu y unas líneas sobre la tierra ("las líneas de Nazca", dije) que solo se pueden ver desde el aire. Lo he visto en *National Geographic*. Al ver mi cara de sorpresa, acotó: Ni se preocupe de mis gastos, que soy jubilada y trabajo en la Centralita apenas veinte horas a la semana y con esos ingresos me alcanza para vivir sin apremios.

Entonces decidí quedarme unos días más por estas tierras. Para ver el Mediterráneo una vez más, pero con Eva. Y en ella encontré lo que buscaba Mirambel: mirada bella, ojos azules del Mediterráneo, Dulcinea, domadora de lobo estepario, reina medieval; Eva, nombre manchado en una *historia* patriarcal escrita por mitógrafos que dejan mal paradas a nuestras madres, mujeres, e hijas. Eva, eres digna. Eres el *Árbol de mi ciencia*.

# Epílogo

Acabo de hablar con Horace y me puse a llorar. Le dije que quería visitarlo, que pensaba ir a Perú y a Estados Unidos (quizás acompañado) y que lo amo: "Hijo, tu cajita dorada funciona de maravillas o como dicen aquí: *de puta madre*". En la cajita había dos puros dominicanos, preservativos y un reloj. Había una nota que decía que lo que me faltaba era fumarme un puro, confiar en alguien, tener sexo y tener mi reloj escondido para no pensar tanto en el tiempo.

Escribo estas últimas líneas desde el Mediterráneo en una tarde de sol pintada de naranja y violeta. El sol que se oculta asemeja ser una mujer misteriosa, altiva, atrayente y sus rayos son reflejos oscilantes; el cielo azul impregnado de lunares-nubes blanquecinas no es otra cosa que el reverbero del mar azulado, las gotas del mar son lágrimas salobres y alegres, provenientes de las pupilas de Eva, la hermosa Eva que dormita a mi lado, presa de un mágico encantamiento que yo ya casi había olvidado: hacer el amor.

¿Puede la fuerza de la casualidad fluir como un río y desembocar hasta convertirse en un hermoso y templado mar azul? ¿Es la vida una casualidad o una causalidad? ¿O es acaso la consecuencia de una casualidad?

## Otros títulos de la Editorial Raíces Latinas

- *Sesenta días para abandonar el país.*
- *Mirando al sur: antología de cuento, poesía y ensayo desde el exilio.*
- Álex Oviedo, *Las hermanas Alba.*
- *Antología de escritores peruanos en Estados Unidos* (noviembre de 2019).

www.ingramcontent.com/pod-product-compliance
Lightning Source LLC
Chambersburg PA
CBHW052002170626
46808CB00007B/2733